共和国的历程

蓝盔战士

中国首次派军参加联合国维和行动

杨中秋 编写

蓝天出版社 吉林出版集团有限责任公司

图书在版编目（CIP）数据

蓝盔战士：中国首次派军参加联合国维和行动 / 杨中秋编写．
—北京：蓝天出版社，2014.10（2023.3重印）
（共和国的历程）
ISBN 978-7-5094-1253-4

Ⅰ．①蓝… Ⅱ．①杨… Ⅲ．①革命故事－作品集－中国－当代 Ⅳ．①I247．8

中国版本图书馆 CIP 数据核字（2014）第 232649 号

蓝盔战士——中国首次派军参加联合国维和行动

编　　写：	杨中秋	
策　　划：	金永吉　　荆忠峰	
责任编辑：	梅广才　　王燕燕	
出版发行：	蓝天出版社　吉林出版集团有限责任公司	
地　　址：	北京市复兴路 14 号	
邮　　编：	100843	
电　　话：	010—66983715	
经　　销：	全国新华书店	
印　　刷：	北京楠海印刷厂	
开　　本：	710mm×1000mm　1/16	
字　　数：	69 千	
印　　张：	8	
版　　次：	2016 年 3 月第 1 版	
印　　次：	2023 年 3 月第 3 次	
定　　价：	29.80 元	

前　言

中华人民共和国自 1949 年 10 月 1 日成立以来，已走过了六十多年的风雨历程。历史是一面镜子，我们可以从多视角、多侧面对其进行解读。然而有一点是可以肯定的，那就是，半个多世纪以来，在中国共产党的领导下，中国的政治、经济、军事、外交、文化、教育、科技、社会、民生等领域，都发生了深刻的变化，中国人民站起来了，中华民族已屹立于世界民族之林。

这段时间放到整个历史长河中是短暂的，有如弹指一挥间，但它带给中国的却是极不平凡的。六十多年里神州大地经历了沧桑巨变。从开国大典到 60 年国庆盛典，从经济战线上的三大战役到经济总量居世界前列，从对农业、手工业、资本主义工商业的三大改造到社会主义市场经济体制的基本确立，从宜将剩勇追穷寇到建立了强大的国防军，从废除一切不平等条约到独立自主的和平外交政策，从"双百"方针到体制改革后的文化事业欣欣向荣，从扫除文盲到实施科教兴国战略建设新型国家，从翻身解放到实现小康社会，凡此种种，中国人民在每个领域无不留下发展的足迹，写就不朽的诗篇。

六十几年在历史的长河中犹如沧海一粟，但对身处其间的个人却是并非无足轻重的。其间究竟发生了些什么，怎样发生的，过程怎样，结果如何，非人人都清楚知道的。对此，亲身经历者或可鲜活如昨，但对后来者却可能只是一个概念，对某段历史的记忆影像或不存在或是模糊的。基于此，为了让年轻人，特别是青少年永远铭记共和国这段不朽的历史，我们推出了这套《共和国的历程》。

《共和国的历程》虽为故事形式，但与戏说无关，我们是想借助通俗、富于感染力的文字记录这段历史。这套丛书汇集了在共和国历史上具有深刻影响的重大历史事件。在丛书的谋篇布局上，我们尽量选取各个时代具有代表性的或深具普遍意义的若干事件加以叙述，使其能反映共和国发展的全景和脉络。为了使题目的设置不至于因大而空，我们着眼于每一重大历史事件的缘起、过程、结局、时间、地点、人物等，抓住点滴和些许小事，力求通透。

历史是复杂的，事态的发展因素也是多方面的。由于叙述者的视角、文化构成不同，对事件的认知或有不足，但这不会影响我们对整个历史事件的判断和思考，至于它能否清晰地表达出我们编辑这套书的本意，那只能交给读者去评判了。

这套丛书可谓是一部书写红色记忆的读物，它对于了解共和国的历史、中国共产党的英明领导和中国人民的伟大实践都是不可或缺的。同时，这套丛书又是一套普及性读物，既针对重点阅读人群，也适宜在全民中推广。相信它必将在我国开展的全民阅读活动中发挥大的作用，成为装备中小学图书馆、农家书屋、社区书屋、机关及企事业单位职工图书室、连队图书室等的重点选择对象。

编　者
2014 年 1 月

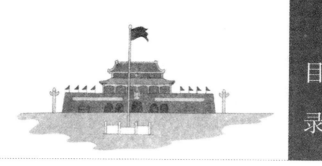

目 录

目录

一、 蓝盔部队首度出征

● 钱其琛外长当场表示："中国一贯主张柬埔寨问题政治解决，希望早日实现柬埔寨和平，我们一定认真考虑亲王阁下的意见。"

● 江泽民对加利说："中国作为安理会常任理事国和发展中的大国，将继续支持联合国秘书长在维护世界和平与促进世界经济发展方面发挥更大的作用。"

● 就这样，中国历史上第一支"蓝盔部队"的30名先遣队员及部分装备、物资，在大队长李金勇、副大队长田晓山的率领下，踏上了联合国驻柬埔寨维持和平行动的征程。

中国受邀参加维和行动

1992 年春节前夕，正在全国人民忙着购年货，贴对联，挂灯笼，欢度春节的时候，中国军队统帅部却意外地获得一个重大信息。

消息是由中国驻联合国的军官从美国纽约联合国总部传来的。

当时，联合国秘书长加利准备向安理会提交一份报告，建议向柬埔寨派出过渡时期的临时权力机构和维持和平部队。

加利"希望"中国能够派遣一个至少 300 人的工兵大队，担负修筑公路、桥梁和扩修机场的承建工程。

于是，加利派自己的军事顾问找到了中国驻联合国办公室，表达了自己的想法。

加利派的军事顾问还提出：如果中国政府同意出兵，就要在 4 月中旬之前派出工兵分队，争取在雨季之前展开工作。

这个来自联合国的"希望"，是对中国开放以后综合国力的考验，是对中国这个安理会常任理事国承担国际义务能力的考验。

中国驻联合国的军官们听到这则消息，顿时激动了起来。因为他们马上意识到，这将是向世界展示中国军队风采的一次良好机遇，中国人已经盼了很久。

中国驻联合国的军官们收到消息后，立即向国内发出信息，向党中央请示。接到信息后，中国军队统帅部开始紧张地忙碌起来。

这将是中国第一支参与联合国维持和平行动的部队，其重大意义不言而喻。但是，要实现派兵，必须中央军委做出最终决定，需要许多相关部门的紧急配合，而这一切还必须赶在加利秘书长提交报告前完成。

从参与咨询的统帅部参谋到作出决策的中央军委主席，大家没有半点迟疑，一致认为应该出兵。于是，在加利秘书长向安理会提交报告的前一天，一切已经安排妥当。

1992 年 2 月 28 日，联合国安理会正式通过了 745 号决议，批准了联合国秘书长加利提出的《关于向柬埔寨派出权力机构和维持和平部队及文职人员》的报告。

根据 745 号决议中的规定，日本人明石康被任命为为联合国驻柬埔寨临时权力机构主席、联合国秘书长的特别代表。

就这样，有中国第一支"蓝盔部队"参与的"联合国维持和平行动"正式拉开了帷幕！

联合国维持和平行动是指联合国根据联合国相关决议向冲突地区派遣军事人员用非武力方式帮助冲突各方维持和平、恢复和平并最终实现和平的一种行动。

维和行动由安理会授权实施。《联合国宪章》规定，

蓝盔部队首度出征

安理会肩负维护国际和平与安全的主要责任。安理会负责决定维和行动的规模，明确维和的目标，规定维和的时间框架。中国、法国、俄罗斯、英国、美国 5 个常任理事国，每个国家对任何维和行动的决定都有否决权。

根据联合国宪章，联合国可以通过下列两种方式制止国际冲突：一是纯外交方式，即通过斡旋、调解来解决争端；二是强制方式，通过封锁、禁运、经济制裁乃至派联合国军等强制措施阻止冲突。

《联合国宪章》将维护国际和平与安全的主要责任赋予联合国安理会，但宪章并没有具体提及维和行动，只是在第六章和第七章中分别赋予安理会以和平方式或强制手段解决国际争端的权力。

根据二战后联合国维和事业逐渐兴起的新情况，联合国第二任秘书长哈马舍尔德创造性地将维和行动解释为宪章的"第六章半"，即介乎和平与强制手段之间的所谓"第三种方式"。

维持和平行动是在联合国调解和解决地区冲突的实践中逐步发展而来的。维持和平行动的目的是遏制威胁和平的局部冲突的扩大或防止冲突的再起，从而为其最终的政治解决创造条件。

其具体职责视情况和需要有所不同，一般包括：监督停战或停火、撤军；观察、报告冲突地区的局势；监督执行脱离接触协议；协助恢复治安或维持秩序；防止非法越界或渗透等。

随着维和行动任务范围的逐步扩大，也开始涉及监督大选、全民公决、提供和保护人道主义援助、解除武装、裁军、协助培训民警等。

维持和平行动的建立一般由安理会决定，在历史上联合国大会偶尔也做出过决定。维和行动的部署必须得到当事国或当事方的同意，其具体实施由联合国秘书长商安理会决定。

参与维和行动的人员主要有军事观察团和维持和平部队。前者一般由非武装的军人组成，后者由武装的军事分遣队组成。

维和行动属非强制性行动，军事观察员不得携带武器，维和部队虽配有武器，但不得擅自使用武力，除非迫不得已进行自卫。

维持和平行动属临时性措施，一般均有一定期限，可由安理会视情况决定延期。

1948 年 6 月，为监督阿拉伯国家和以色列战争的停火，联合国建立了停战监督组织，这是联合国的第一次维持和平行动。

随着时代的发展，联合国维和行动呈稳步发展态势，执行任务的维和人员也不断增加。维和行动的职能日趋多样化，非军事人员特别是民事警察所占比例越来越大。

1988 年，联合国维持和平部队荣获诺贝尔和平奖，维持和平的作用自此得到公认。

中国作为联合国安理会常任理事国，一贯重视并支持联合国在《联合国宪章》宗旨和原则指导下，为维护国际和平与安全发挥积极作用。

20世纪80年代后期，是中国参加联合国维和行动的开端。自从1971年第二十六届联大通过了关于**恢复**中华人民共和国在联合国一切合法权利的第2758号决议之后，中国同联合国就紧密地联系在一起，联合国也同中国密不可分。

中国恢复在联合国的一切合法权利之后，从客观上讲，中国一方面需要熟悉联合国包括程序在内的一切运作过程，另一方面还要忙于参加安理会反殖特委会等会议的繁重工作，因此很少有时间关注颇不熟悉的联合国维和行动的工作。

而从主观上来讲，当时中国对维和行动在政治上持保守立场，认为此种维和行动无助于动乱或热点地区问题的根本解决。这种"消防队"式的、救急式的工作只能起缓冲作用，在得与失之间处于极不平衡的状态。

因此，中国对维和做了一些调研工作，但无实际行动，实际上与联合国维和拉开了距离。

改革开放以后，中国外交政策作了重大调整，这种调整也反映在中国对联合国维和的认识有了重大的改变，调整措施接踵而来。

1981年，在第三十六届联合国大会上，中国首次肯定了联合国维和行动的积极作用，并原则支持符合《联合国宪章》精神的维和行动。

1982 年，我国开始承担联合国维和行动摊款。

1984 年，我国首次全面阐述了我国对联合国维和行动的原则立场。

1986 年 6 月，应联合国副秘书长古尔丁的邀请，中国人民解放军派出考察组赴中东，实地考察了联合国停战监督组织，为实质参与维和行动进行了初步研究。

中国最早参加联合国维和行动，始于 1988 年，这是中国实行改革开放以来首次反映在外交领域内最具标志性和里程碑意义的一年。

1988 年，中国参加了联合国维和行动特委会，并经当年联大 12 月会议正式予以通过。

中国常驻代表在致联合国秘书长的信函中表示：

> 维和行动已成为联合国维护国际和平与安全的有效手段，有助于地区冲突的缓和以及和平解决争端。中国愿同特委会一道，对维持和平作出贡献。

中国当时的这一举措受到了包括发展中国家和发达国家在内的很多国家的热烈欢迎和一致赞同。

《纽约时报》认为这是：

> 中国外交政策的一个重要改变。

《泰晤士报》指出，此举意味着：

中国从此融入国际社会，并肩负起安理会常任理事国之一的重要职责。

1989年，中国首次派人参加了联合国纳米比亚过渡时期协助团，帮助纳米比亚加快实现从南非的独立。

1990年4月，我国向位于中东地区的联合国停战监督组织派出了5名军事观察员。这是中国军人首次执行联合国维和任务。

从此，中国军人开始出现在联合国维和行动中。不过，这时候，中国还没有出现自己的"蓝盔部队"，中国在期待着这一天的到来……

中央决定参加赴柬维和行动

1991年10月23日下午，在法国巴黎爱丽舍宫豪华的会议休息厅里，年近七旬的柬埔寨国家元首西哈努克亲王拉着中国外交部长钱其琛的手表达了他希望中国派部队参加联合国驻柬维持和平的行动。

柬埔寨位于我国南部，当时柬埔寨国内派别林立。1975年4月，以波尔布特为首成立了柬埔寨民主党；1978年12月25日，越南侵略柬埔寨，推翻了红色高棉政权，1985年洪森当选为总理兼外交部长；在相继的10多年战乱中，西哈努克亲王的儿子拉那烈成立了奉辛比克党；曾担任过民族团结政府总理的宋双，成立了柬埔寨佛教自由民主党；还有乔森潘领导的民主柬埔寨。各党派为争夺实权，使柬埔寨处于战乱之中。

在西哈努克亲王向钱其琛外长表达愿望的这天上午，联合国安理会刚刚正式主持签署了《柬埔寨冲突全面政治解决协定》，即处理柬埔寨问题的"巴黎协定"。钱其琛外长当场表示：

> 中国一贯主张柬埔寨问题政治解决，希望早日实现柬埔寨和平，我们一定认真考虑亲王阁下的意见。

蓝盔部队首度出征

中国和柬埔寨两国有着悠久的传统友谊。

1958 年 7 月 19 日，中柬两国正式建交。长期以来，中国几代领导人与西哈努克亲王建立了深厚的友谊，为两国关系的长期稳定发展奠定了坚实的基础。

早在 1955 年 4 月，西哈努克亲王在万隆亚非会议上与周恩来结识。20 世纪 50 年代至 60 年代，周恩来、刘少奇等曾多次率团访柬。西哈努克亲王曾 6 次访华。

20 世纪七八十年代，西哈努克亲王两次在华长期逗留，领导柬埔寨人民进行反抗外来侵略、维护国家独立和主权的斗争，并得到中国政府和人民的大力支持。

到 1989 年，由越南入侵而导致的柬埔寨问题已持续了 10 年。为政治解决柬埔寨问题，联合国决定 1989 年 7 月 31 日在巴黎举行国际会议。

江泽民总书记指定外交部长钱其琛为团长率中国代表团参加。在巴黎会议上，钱其琛发表了重要讲演，他赞赏在巴黎举行的国际会议，表示中国谋求长达 10 年之久的越柬战争得到全面、公正、合理的政治解决。

当时，越南和金边政权坚持自己的立场，态度强硬，不同意中国和其他国家的立场。经过三天的会谈，会议未取得成果。

会议暂止后，西哈努克从巴黎回到北京，江泽民总书记会见他时表示，政治解决柬埔寨问题比较复杂，中国将继续全力支持你们。为尽快打破僵局，中国将与联合国安理会四常任理事国美、苏、英、法进行具体协商，讨论新策略，制定政治解决柬埔寨问题的框架文件，使柬埔寨获得最终胜利。西哈努克表示同意。

1990年五常任理事国在巴黎和纽约举行了六次会谈，在会谈中，中方阐明，中国一贯主张联合国发挥主要作用，越南必须全部撤军，联合国应该派遣军队到柬国内进行监督考察。

中方建议，西哈努克是柬埔寨多年的国家元首，是解放祖国的领导人，恢复和平后，他应担任国家主席，在联合国的监管下，柬四派可以成立临时联合政府，此后联合国主持并管理该国大选，使之走向和平共处。四个常任理事国与会代表都赞成中国的主张。

经过八个月的六次讨论，五常任理事国最终签署了包括在联合国主持下柬进行大选在内的政治解决柬埔寨问题的五项框架文件。

常驻北京的西哈努克紧急召开民柬联合政府会议，乔森潘、宋双和其他负责人来北京参加会谈，民柬三派都同意这份框架文件。

1990年9月2日，江泽民总书记和李鹏总理从北京飞往成都，接待越共中央总书记阮文灵、政府总理杜梅和党中央顾问范文同，就中越柬三国问题进行谈判。这是10多年来中越两国领导人首次会晤，双方进行了高级会谈。

经过两天的具体商讨，两国领导人达成了重要共识，

蓝盔部队首度出征

签署了"会谈纪要"文件。江泽民总书记表示："从今天开始，中越两国之间要'渡尽劫波兄弟在，相逢一笑泯恩仇'，使两国关系走向新局面。"

阮文灵总书记也高兴地说："两国领导人举行首次会晤，取得非常重要的成就，双方就政治解决柬问题达成一致，越中两国将恢复友好关系。"

在返回北京的飞机上，江泽民对负责东南亚外交工作的张青说："现在东盟正举行柬问题非正式会议，您应当马上到印尼首都雅加达，向柬各派和东盟各国外交部长传达中越两国领导人就政治解决柬问题达成的共识，要求他们接受五常任理事国达成的五项框架文件，参加巴黎会议，正式解决柬埔寨问题。"

第二天早晨张青即飞往雅加达，首先会见会议主持人印尼外长阿拉塔斯，通报了中越领导人就柬埔寨问题达成的协议。阿拉塔斯高兴地表示，按照中越领导人的决定，会议将促成柬各派达成协定。

而后张青又分别拜访了民柬联合政府领导人拉那烈、宋双、乔森潘，详细传达了中越领导人签署的"会谈纪要"内容。他们表示："中越两国领导人达成的共识，是政治解决柬问题的关键措施。"

当晚，张青又专门会见了金边政府副外长索安，转达了中越领导人会谈的内容。索安感到震惊并表示："原先越南不同意中国和联合国的主张，这次中越领导人谈判表明越方政策有了重大改变，我们政府必须做出让步，改变柬埔寨与越南的关系。"

张青又把中越双方达成的共识转告给金边党政领导人，他们表示"接受中越两国领导人的共识，参加东盟和国际会议，签署最终协议"。

此后，以西哈努克为主的柬四派领导人举行重要会议，他们决定接受中越领导人达成的协定，同意联合国常任理事国制定的框架文件。柬四派决定建立以西哈努克为首的全国最高委员会，接受联合国主持柬全国人民大选，成立四方联合政府，实现国家和平统一。

柬四方达成协议后，东盟举行全体会议，经过几次商讨，会议发表了"雅加达会议联合声明"。会议决定，为促进柬问题的政治解决，东南亚各国将参加在巴黎举行的第二次联合国国际会议，签订政府解决柬埔寨问题的协议。

东南亚各国举行柬问题会谈后，西哈努克回到北京，江泽民总书记亲切会见他，并对这次会议取得的成就表示祝贺。

在中国的大力推动下，时任联合国秘书长的德奎利亚尔决定1991年10月20日在巴黎举行第二次国际会议。19个国家的外长和柬四派领导人再次与会。德奎利亚尔表示，今天各国代表团在此聚会，是为政治解决柬埔寨问题达成协议，感谢安理会常任理事国发挥的重要作用，这是维护国际社会和平的典范。

经过两天的会谈，会议签署了四项文件：《柬埔寨冲

蓝盔部队首度出征

突全面政治解决协议》、《关于柬埔寨主权、独立、领土完整及其不可侵犯、中立和国家统一的协定》、《柬埔寨恢复与重建宣言》和《最后文件》。

文件签署仪式举行完后，西哈努克发表了重要讲话，他感谢这次会议为柬埔寨问题的和平解决做出了巨大努力，使战乱十几年的柬埔寨恢复了和平与独立。

钱其琛在讲话中说，柬埔寨问题和平协议的签署是具有历史意义的重大事件。柬埔寨问题的政治解决得到实现，是国际社会解决地区冲突的一大典范。

国际会议签署协定后，越南全部撤军，柬四派建立了临时联合政府，联合国决定向柬埔寨派遣维和部队和观察员，在金边设立了驻柬临时权力机构。

正是因为中柬历久弥新的友谊，所以，当秘书长加利的请求传回国内时，中国政府以最快的速度答应了加利秘书长的请求。

中央军委主席江泽民迅速签署命令，由中国人民解放军派出 47 名军事观察员和由 400 名军事工程人员组成的军事工程大队，准备前往柬埔寨参加联合国驻柬埔寨维持和平的行动。

由此而诞生的中国第一支"蓝盔部队"，登上了联合国维持和平行动的国际政治舞台。这支部队对外称"中国人民解放军赴柬工程兵大队"，它开创我军成建制参加联合国维和行动的先河。

受命部队做紧急准备

1992年3月13日，北京。虽然已经是初春，天气依然寒冷，可是，瑟瑟的冷风却丝毫不能阻止中国人民军队训练的坚定步伐。

这时，正在长城脚下刻苦训练的某工兵部队突然接到军委的命令。只见命令中这样写道：

中国政府决定派兵赴柬参加联合国维持和平、重建柬埔寨的行动，要求立刻以一个工兵营为基础，组建一支400人的中国工程兵大队。

接到命令后，工兵营的战士们异常兴奋，情不自禁地欢呼起来！

要知道，这是中国的第一支"蓝盔部队"，而工兵营将会成为这支部队的基础力量，怎能不让人兴奋呢？

为什么联合国维持和平部队叫"蓝盔部队"呢？

根据联合国规定，在执行国际维和任务时各国的军队着本国军队的制服，佩戴本国的军衔标志，左臂佩戴本国的国旗，右臂佩戴联合国旗。

为了方便识别是维和部队，各国部队均头戴蓝色的头盔，头盔上有联合国标志和英文的 UN。久而久之，大

蓝盔部队首度出征

家都习惯性地称维和部队为"蓝盔部队"。

中国的第一支"蓝盔部队"，即中国赴柬工程兵大队的组建工作，是在总参原工程兵部的直接领导下进行的。

这是一支诞生于战争年代并立下赫赫战功的部队，围攻保定、平津战役、新保安战斗、兰州战役等，都铭记着它的功勋。

这是一支具有高度的专业技术水平和较强的工程保障能力的快速反应部队，这支装备精良的工兵部队参加过一系列大型工程和国防工程的施工工作，部队的官兵都十分熟悉工程兵的道路、桥梁、爆破、筑城等专业技术，能驾驶和修理各种车辆与工程机械。

1991年10月，当《柬埔寨冲突全面政治解决协定》在巴黎签署的消息传遍全世界的时候，这支长城脚下的中国工兵部队正把目光盯在中东海湾，把议论的话题集中在科威特废墟的排雷与重建上，他们还为此进行了探雷、排雷的应急训练。

正当长城脚下的中国工兵部队在苦练本领的时候，赴柬参加维和行动的神圣使命悄然到来。根据中央军委的指示，中国工程兵大队从接到组建命令到联合国规定的部署到位时间，只有短短一个月的时间，这比他们在国内参加过的任何军事演习都要急迫得多。

根据上级指示，李金勇被任命为中国工程兵大队的大队长。李金勇是工程专业出身，他身材非常好，高挑的个子，黝黑健康的皮肤。

共和国的**历程**·蓝盔战士

李金勇是一个地地道道的山东汉子，但却心思缜密，办起事来那是滴水不透，一丝不苟。一接到命令，他立刻就开始在《出兵国政府指南》的字里行间中，寻找中国工程兵大队的任务。只有首先明确了任务，才能做到心中有底，做事不慌。

李金勇在指南中很快找到了《柬埔寨冲突全面政治解决协定》的相关内容，其中提到联合国驻柬军事机构所要执行的任务，但是并没有与中国工程兵大队任务有关的字样。

李金勇接着又翻看下一页，看到里面提到了维持和平部队组成有维持和平部队司令部、军事观察员、步兵加强营、工程兵部队、空中支援中队、通信分队、卫生分队、宪兵连、后勤保障营、海军分队等。

其中提到说，联合国维持和平部队是一支诸军兵种合成的部队。中国工程兵大队的任务，就是为这支合成的部队执行上述任务时提供工程保障。

看到这里，李金勇心中有底了。他不慌不忙地抓起电话，通知他的新"搭档"高军，商讨研究如何组建大队的机关。

根据安排，高军被任命为中国"蓝盔部队"的副大队长。高军并非学工程出身，而是一个有丰富经验基层军官和政治工作者，有过工程兵部队、机关和院校政治工作经历。

高军被任命为中国工程兵大队的副大队长后，立即

蓝盔部队首度出征

意识这是一个不同以往的全新工作。因为部队需要开赴国外，接受陌生环境的考验。

从自己工作经验出发，高军敏锐地意识到，要顺利完成这次维和任务，收集尽可能全面的文件、资料，让每一个战士提前做到心中有数，比一切都显得更为重要。

高军发挥自己的专业能力，快速获取了大量相关资料，其中既有联合国文件，也有总参外事局的资料，他都毫无保留，悉心向年轻的军官和士兵进行了传授。

其中许多是最基本也是最重要的资料，例如关于这次工作地点的一些基本情况，当地的风俗习惯、政治派别，以及工作时需要听从谁的指挥等。

高军利用一切可以抓到的时候，对部队进行形势教育、外事教育、思想教育和政治教育。同时，他自己也不得不抓紧"充电"，如果自己对一切都不了解，怎么可能去教导别人。

在这么急促的时间里，根本不可能在完成自学的同时，又完成战士的教育工作。于是他只好利用一切资源，请上级领导和外事干部来到军营，向工程兵大队的官兵们传授国际政治的新知识、新概念，力求使每一个官兵在出发之前，能够尽量熟悉自己要面对的环境。

在这一段时间里，《出兵国政府指南》成为每一个官兵的手边书。《出兵国政府指南》全称《柬埔寨过渡时期联合国权力机构出兵国政府指南》，1991 年 12 月由联合国总部在纽约制定颁发，是专门帮助派遣部队尽快适应环境，提高办事效率的。

战士们都随身带着这本小册子，一有时间，就拿出来看。由于战士们需要天天训练，还要完成其他基本准备工作，所以空闲时间很少，即使这样，他们还是把这本小册子背了个滚瓜烂熟。

有一天，一位将军专门拿着联合国颁发的《出兵国政府指南》来到工兵营进行视察。他问一位战士："你们到柬埔寨以后，服从谁的领导？"

"无条件服从联合国驻柬权力机构的领导。"这个小战士几乎是脱口而出。

将军很满意。他随手翻着小册子，忽然又问："40 多年，联合国维持和平部队曾先后有 378 名官兵伤亡，你对此是怎么想的？"

稍做停顿，这个战士回答说："能参加这样的行动，是我的幸运。我要牢记祖国和人民的重托，充分展现我军正义之师、文明之师的良好形象，不怕流血牺牲，坚决完成任务。"

这个小战士回答得如此精彩，在场的战士们情不自禁地鼓起掌来，将军也发出了由衷笑容，向小战士挑起了大拇指……

蓝盔部队首度出征

迅速完成物资筹备工作

1992 年 3 月的一天，正在中国"蓝盔部队"副大队长高军为官兵们的教育忙得不亦乐乎的时候，大队长李金勇来了电话，"你们部队的后勤部副部长张明，你了解吗?"李金勇在简单的寒暄后问。

"张明从当战士起就是学雷锋的老典型，是一个典型的'老黄牛'。"高军乐呵呵地回答。

李金勇沉默了。如果在国内执行任务，李金勇当然喜欢这样既能负责吃喝拉撒睡又不用领导操心的"老黄牛"，可现在这是要出国维和，所有战士的吃喝供应不一定像国内这样有保障，在这样的情况下，喜欢学雷锋的"老黄牛"可能会让整个部队跟着吃苦受累的。

经过仔细斟酌以及与上级领导的沟通，精明的李金勇最终还是选择了张明，因为他想到，忠于职守才是最重要的品格。只要能够忠于职守，部队后勤可能会出现一些困难，但一定不会出现大问题。

兵马未动，粮草先行。于是，张明很快接到了担当后勤科长的通知。接到通知的当天，张明就出现在了军需部门的办公室里。

张明剃着寸头，娃娃脸，小眼睛。他的长相，用其貌不扬来形容是再合适不过了。他给人的第一印象就是土，即使西装革履，也顶多是暴发户的感觉。

不过看起来老实巴交的张明却有自己的心眼。他平时与人交谈，几乎不太说话，仿佛一心都在听别人说话，其实，他永远在坚守着自己的原则，不会被别人轻易带走的。

走进上级机关办公室，张明有些迟钝地拿出他的"指南"，这是一张被认真折叠过的稿纸，上面详细地列了自己向上级请示的所有物品。

"为什么要带这么多给养?"领导满腹狐疑地看着张明。

张明毫不犹豫，立即把早已想好的词说了出来："我想，联合国供应系统也要安营扎寨，理顺关系以后才能开始供应。"

"有道理，那就带两个月的吧。"这位领导回答。

"上面说的是'至少'前 60 天的。"张明提醒说。

"那……就 3 个月吧，多给一个月的机动数……"

"如果一连吃 3 个月的罐头……"张明站在那里吞吞吐吐，其实他是想要钱，这样伙食可以自由一些。

领导不由笑了出来，"那好吧……一半实物，一半现金，可以上街买蔬菜……"

"那咱们有柬埔寨的钱吗?"看起来老实巴交的张明连这都想到了。

"现金全部兑现成美元给你们。"

听到最后这一句话的时候，张明心里乐开了花，嘿

蓝盔部队首度出征

嘿，中国工程兵大队就要成为全军第一支吃美元的部队啰！张明心里这样想，可却没有表现出来，他慢吞吞地转身，拿着单子去领钱。

后勤保障问题基本解决，装备还是一个问题。中国工程兵大队走出国门，应该带什么样的装备呢？是带自己原有的装备，还是带新装备？关于这些问题，《出兵国政府指南》中有明确的指示：

> 经联合国提出要求、购买后归部队所有的装备，到达后经联合国检查。联合国驻柬埔寨临时权力财政部门将给予该政府补贴，4年补贴完毕，每年补贴百分数为：30%，30%，20%，20%。任务完成后，这些装备将移交给联合国外勤处。

工程兵大队的装备，需要在到达后经过联合国检查，这也就意味着装备必须公开。而工程兵大队的装备在回国前要移交联合国，这等于说是帮联合国购买装备！

既然是联合国出资，要代表联合国和形象，那就一定要买最新的、买最好的，一定要达到国际先进水平，让中国工程兵大队一律换装，以全新的高度机械化的形象展现于世界。

经过详细的计算，一个清单很快形成。接着，工程兵机关的助理员们、军代表们，开始在全国奔波，帮助

"蓝盔部队"购买必需的装备。

然而，情况并没有想象的那样顺利。随着改革开放的全面加速启动，工程机械日益走俏，市场上并没有那么多库存。

更主要的是，筹备时间只有短短的两个月时间，在这么短的时间里，从定货到生产，绝不是一句话的事，许多大型机械是需要长时间进行加工的。

中国"蓝盔部队"立即向中央军委请示。很快，分赴各地的军代表就拿到了一份由江泽民、李鹏特批的中国工程兵大队赴柬参加维持和平行动的批文复印件。

这样，所有工厂都一路绿灯，首先为工程兵部队进行生产加工。不到一个月的时间，所有的机械、车辆全部到位。

这样，中国"蓝盔部队"所需要的物资筹备工作基本全部完成，就等着一声令下，开赴维和前线了……

蓝盔部队首度出征

参加出兵国指挥协调会

1992 年 4 月 4 日，春暖花开，正是踏青的好季节。这个时候，在遥远的美国纽约，在最繁华的曼哈顿区东河之滨，出现了两名穿着整洁军服中国军官。

两个人步伐整齐，心无旁骛地向前走着。他们是来美国旅游参观的吗？当然不是。这两个人一个是新组建的中国"蓝盔部队"副大队长田晓山，一个是田晓山的参谋庞延东。

只见两个人健步走向一个庞大的建筑物群，建筑物群的正门两侧是迎风飘扬的各国国旗，主旗杆上是天蓝底缀着地球橄榄枝会徽的联合国旗帜。原来这里就是举世闻名的联合国城。

联合国城的主体建筑是 39 层的联合国秘书处大厦。东西两面是宽敞明亮的钢窗，南北两面镶嵌总重为 2000 吨的大理石。秘书长办公室设在第 38 层。室内悬挂着瑞士赠的"世界钟"，陈列着"阿波罗"宇宙飞船从月球带回的月岩。

大厦右侧是联合国会场和安全理事会、经社理事会、托管理事会的会议楼。会场主席台的后面悬挂巨大的表决机器显示牌，在各国名下各有绿、红、黄三色灯泡，表示赞成、反对和弃权；台下每个代表团有 6 个正式席位，表决时按动桌上电钮，台上灯泡立即显示。

大厦左侧连接着藏书几十万册的哈马舍尔德图书馆，专门供联合国人员使用。环绕建筑物四周的是花圃、草坪。

中国"蓝盔部队"的两名军官为什么在这个时候来到举世闻名的联合国城呢？原来，就在这一天，联合国"出兵国指挥协调会"隆重召开。

这次中国派兵赴柬，参加的是联合国有史以来规模最大、最为复杂的一次维持和平行动。因此，联合国非常重视，专门召开了出兵国指挥协调会，对这次维和行动进行具体部署。

面对宏伟的联合国大厦，田晓山和庞延东无心观看，他们只想尽快找到召开会议的地方。经人指点，两个人顺利来到了会议厅。

这时，会议厅里已经挤满了参加会议的各国人员。田晓山、庞延东正在向联合国赴柬维持和平部队工兵处报到的时候，忽然听到有人喊："田老师，您好！"

循声望去，田晓山惊喜地发现了一个熟悉的面孔，虽然一时想不起名字。原来，田晓山曾经在国内训练过一批批外国工兵学员，这个人就是其中之一。

"老师，我是孟加拉国的聂赫杜拉。"来人介绍。田晓山一下子想起来了，他没想到在国外，在联合国维持和平部队竟能见到自己昔日的学生，一下子激动地拉起了对方的手。

两人握手、拥抱，相互表明了自己此时的身份。

"老师出任指挥官，中国工程兵大队一定是这个……"聂赫杜拉一边微笑一边向老师伸出大拇指。

田晓山也幽默地说："你现在是联合国'上级机关'的人，要多关心我们'基层'哟。"

最后，聂赫杜拉牵着老师的手，把他介绍给了在场的各国驻联合国军官。

会议一连开了一周多，4月12日，联合国的军事顾问联席会议做出决定：

> 中国工程兵大队先部署金边，抢修四号公路和波成东军用机场，并望尽快部署到位。

听到这个决定，田晓山非常高兴，他立刻索要机场港口的相关资料，以便中国工程兵大队从空中、海上向柬埔寨实施远程行动。

但是，资料拿到手后，田晓山不由得大失所望。原来联合国提供的资料中既没有港口的无水文资料，机场的情况也模模糊糊。

这也就意味着，中国工程兵大队走出国门，将要进行一次风险开进。无奈之下，田晓山只能感叹：不知先遣队的飞机上了天还能不能下来……

手持护照开赴维和前线

1992年4月初，中国"蓝盔部队"的出国准备工作接近尾声，所有官兵都要在自己出发之前，处理好需要处理的事情，实在处理不了，也只有等工作归来了。

接到维和任务的时候，二连副连长正回家休假找对象，刚刚接个头，就到了要求赶回部队的电报。于是，他只好用电话通知自己刚碰了一次面的对象："我要出国了，咱俩的恋爱等我回国以后接着谈……"

正在准备出发前不久，一连副指导员接到喜讯，他老婆要生孩子了。他急匆匆地赶回河北老家，刚把挺着大肚子的妻子送进医院，就接到了要求赶回部队的急电。

一回到部队，一连副指导员就向高军抱怨："哎呀，我连小孩名字也没来得及起……"

"名字是现成的……"乐呵呵的高军眼睛都没有眨一下，就想好答案，"我们去维持和平，生男孩叫'维和'，生女孩叫'维平'。"

听了高军的机智回答，大伙都齐声叫好。一连副指导员也高兴得直点头。

在工程兵部队出发前，还有一些善后事宜需要处理，这就是那些留守者，他们也是工程兵部队中的一员，可是因为种种原因，没有能够被选中，不得不留守下来。

蓝盔部队首度出征

营卫生所里有一名医生，他是一名本科生，因为自视甚高，所以不想在部队干，总想出国留学，结果，因为闹转业而挨了处分。

因为曾经受到处分，身上有污点，结果这回真的要出国了，他却政审下来了。面对现实，他清醒了，下决心坚守下来，接受考验。

副营长张智是刚刚提拔起来的优秀基层干部，如果他还在连队里担任正职，肯定要挂帅出征了，但是，现在他只是营里的副职，所以只能留守了。

感觉最窝囊的是伪装连，其他连政审不合格的兵都转到了他们连，他们还要拿优秀的士兵顶上去。而且，他们还要为即将远征的"蓝盔部队"搞运输、出劳务、干装卸、清场地。

面对现实，伪装连连长李宝林、指导员曹志祥全无失意之态，他们认为，自己虽然没有和部队一起出国，但是依然是工程兵部队的一部分，依然在为部队做贡献，这也就足够了！

正在一切基本准备就绪的时候，通信科长杜显文想到一件事，那就是出国后的通信问题。长时间在国外，书信来往是免不了的，如何更好地实现与国内亲人朋友的通信，是每个出国将士的关心的事情。

为了这件事，杜显文专门跑到了国家邮电部进行沟通。他对邮电部领导说："联合国部队有班机，可以免费把信送到北京。我们能否先支付一笔人民币，麻烦你们给每封信贴上邮票，转到各家去。"

听说是参加维和的工程兵部队，邮电部的答复非常干脆："我们马上下通知，给你们开设一个信箱代号，凡是工程兵大队的信，只要到了北京，一律免费转到各位家中。"

这样，问题又解决了一个。可以说现在是"万事俱备，只欠东风"了！可是，就在这时，又有人提出一个问题，那就是护照问题。

按照大队长李金勇的想法，大家办一个集体护照就行了！因为工程兵部队从来就是一个团体，也应该团结得像一个人一样，统一号令，统一计划，统一行动。当然，这也是工程兵部队当时所有人共同的想法。

但是，就在要出发前两天，有人却提出了意见。他认为，这次维和行动要一年半，在这么长的时间里，难保中间不会有人出事，万一有人受伤什么的急需回国，如果没有个人护照，到时会是个大麻烦。

这样，大家否定了原来办一个集体护照的想法。于是，在这最后的两天里，办护照成为最紧急的事情。

一个个政审，一张张贴照片，写姓名，查籍贯，标明出生年月，忙坏了部队的政治机关，忙坏了总参外事局，忙坏了国务院外交部。

不过，经过夜以继日的加班工作，一切还是赶在出发前顺利完成了。中国"蓝盔部队"第一梯队的将士们就要向着和平出发了……

蓝盔部队首度出征

029

加利访华感谢中国出兵维和

1992 年 4 月 14 日，就在中国"蓝盔部队"万事俱备，准备出发的时候，联合国第六任秘书长加利却踏上了中国的国土。

加利，1922 年 11 月 14 日出生于埃及开罗的一个书香门第，科普特人，信奉基督教。他的家族中有一位前埃及首相。

1946 年，加利毕业于开罗大学，获法学士学位；后赴法国巴黎大学深造，攻读政治学和国际法，1949 年获巴黎大学国际法博士学位；1954 年作为研究学者前往美大学埃及英语非洲犹太国哥伦比亚大学任客座教授。

1955 年，加利先后任记者、开罗大学国际法教授、联合国国际法委员会委员、国际法学家委员会委员、海牙国际法学院研究中心主任、埃及国际法学会会长等职。

1973 年，加利步入政界，1977 年任埃及外交国务部长，1980 年成为埃及民族民主党书记处成员，1987 年当选为议会议员，1991 年 5 月出任副总理兼外交国务部长。

加利长期活跃在外交舞台上，多次代表埃及参加重要的国际活动和国际会议，具有丰富的政治和外交经验。

1991 年 12 月 3 日，联合国大会根据安理会推荐通过决议，任命加利为联合国第六任秘书长，任期五年。他是联合国历史上担任该职务的第一位非洲人。

听说加利在这个时候来到中国，正准备出发的中国"蓝盔部队"战士们都在猜想，他这是专门来为中国"蓝盔部队"壮行的吗？

可以说是，也可以说不是。作为联合国第六任秘书长，加利有自己的想法，他说："我不是领导着一个有着5000万人口的国家。我没有军队，没有各层机构，没有土地，没有警察。联合国的重要性来自道德价值，来自其信誉声望。"

加利这次来到中国，是专程对中国为联合国作出的贡献表示感谢的。他希望通过此举，发掘出中国更大的和平潜力。因此，完全可以说，这次加利访华，是为中国"蓝盔战士"送行的。

在埃及外交界工作时加利就曾多次来到过中国，并在中国结识了许多好朋友。此次，加利以一个全新的身份旧地重游，心中那份高兴自然是溢于言表。

4月14日晚，清凉的晚上吹起的时候，加利步下飞机，随即坐车到了钓鱼台国宾馆。在这里稍做休息后，与中国总理李鹏进行了亲切交谈。加利简要介绍了联合国近期的重要活动，并当面表示：

感谢中国对维持和平行动的贡献，以及中国对联合国秘书长工作的支持。

蓝盔部队首度出征

第二天，中共中央总书记江泽民在人民大会堂会见了加利秘书长。加利开门见山地说：

我这次来中国的首要目的，是感谢中国对联合国所作出的贡献。

听了加利表示真诚感谢的话，江泽民非常高兴。他对加利说：

中国作为安理会常任理事国和发展中的大国，将继续支持联合国秘书长在维护世界和平与促进世界经济发展方面发挥更大的作用。

联合国秘书长的这次中国之行很快结束了，这在中国老百姓的心中也许并没有留下多少印象，然而在中国"蓝盔部队"将士们的心中，却擂响了前进的战鼓。

中国"蓝盔部队"的将士们时刻关注着联合国秘书长的行程，并认真收看了当天的新闻联播，当看到联合国秘书长与中国领导会面的情景时，战士们情不自禁地欢呼起来……

中国蓝盔部队踏上征程

1992年4月16日一大早，迎着初升的朝阳，中国"蓝盔部队"的车队缓缓驶出燕山脚下寂静的工程兵军营，驶入繁华的北京城。

北京城的人们惊奇地发现，这支车队上的官兵装束与自己以往见过的都不一样，特别是头上戴的蓝色贝雷帽，不禁引人遐想，这到底是一支什么队伍呢？甚至有人猜测这可能根本不是部队，而是民间艺人，或者是电影明星什么的。

不仅是民众这样猜测，就连那些交通警察也不明就里。一个有责任感的交通警察，还上前拦住了指挥车，他满脸疑惑地问："你们是干什么的？你们车上涂的是什么标记？"

头戴蓝色贝雷帽的驾驶员停下车子大声回答说："我们是联合国维持和平部队，UN是联合国部队大型装备的标记。"

听说是联合国维和部队，这位交通警察顿时肃然起敬，举手敬礼，并做了一个十分潇洒的放行手势。于是，中国"蓝盔部队"一路绿灯直奔位于南苑的军用机场。

此时，位于南苑的军用机场里，两架大型双层舱的大型运输机正整装待命。看到"蓝盔部队"的车辆进入

蓝盔部队首度出征

机场，飞机后舱舱门立即缓缓张开，车队依次开进机舱。

此时，阳光普照大地，蔚蓝的天空万里无云。只见中国人民解放军总参谋长迟浩田已经在机场等候，他是专门来为中国工程兵大队先遣队送行的。

参谋长迟浩田发表了简短的讲话，他代表党中央和中央军委预祝中国"蓝盔部队"的此次行动圆满取得成功。机场响起了热烈的掌声。

最后，迟浩田与30名"蓝盔"先遣队员一一握手，然后目送战士们登上舷梯进入机舱。

就这样，中国历史上第一支"蓝盔部队"的30名先遣队员及部分装备、物资，在大队长李金勇、副大队长田晓山的率领下，踏上了联合国驻柬埔寨维持和平行动的征程。

舱门重重地关上，紧握微型冲锋枪的"蓝盔战士"守护在加固后的车辆旁。只听飞机的轰鸣声骤然大起，飞速向前，接着滑向蓝天。

再见了，北京！
再见了，祖国！
……

在飞机穿行于蓝天白云之间时，战士们都情不自禁地在心里默念。

这个时候，大队长李金勇也和其他战士一样，不时地从舷窗向地面观看。他和大多数战士一样，这次是第一次坐飞机，所以感到新奇，当然，他还有一个希望，那就是看到自己的钢铁队伍。

就在三天前，自己的队伍已经分4个梯队分乘4列火车向湛江军港进发了，他们现在应该正在行进的列车上，就在他的机翼之下。

对于这些首次坐飞机的战士们来说，四个小时的飞行旅程转眼即过。这时，飞机已经飞抵柬埔寨首都金边上空，并开始与地面机场进行联系，请求着陆。

然而，收到的地面答复却是："停机坪严重损坏，只能接受一架。"

副大队长田晓山不由得心中一怔，他在联合国总部的担心真的变成了现实。中国工程兵大队还未踏上柬埔寨的土地，就笼罩在当地战争浩劫的阴影之中。

面对突发的情况，大队长李金勇立即做出决定，另一架飞机返航昆明，第二天再来。就这样，另一架飞机返航，而李金勇则率领着20名官兵率先降落金边……

蓝盔部队首度出征

海军编队抵达柬埔寨

1992年4月19日，在李金勇率领的"蓝盔"先遣队到达柬埔寨三天后，"蓝盔"主力大部队也从中国湛江军港起航了。

当天中午12时，阳光直射海面的时候，军港响起了雄壮的军乐声。中华人民共和国国旗和联合国旗同时升上舰船的桅杆。

这支舰队由"郑和"舰、南运"831"和"赤峰口"号三艘万吨滚装船组成，南海舰队参谋长李树文任编队总指挥，大连舰艇学院政治部副主任马永奎任副总指挥。

茫茫大海上，中国的舰队缓缓行驶。经过四天多的漫长行程，终于于柬埔寨时间1992年4月23日16时抵达柬埔寨西哈努克港。

4月24日上午8时，当阳光升起的时候，柬方按国际惯例，派出引水员乘小艇登上了中国舰队，引导中国的舰船进港。

随着中国舰队的缓缓滑行，在甲板上列队的370名中国"蓝盔战士"逐渐进入港口等候人群的视野。

面对着在码头迎候的中国驻柬埔寨全国最高委员会的代表和联合国驻柬埔寨临时权力机构的官员，面对着饱受战火蹂躏的柬埔寨大地，面对着企盼和平已久的柬埔寨人民，中国蓝盔战士们齐刷刷地举起手臂，致以庄严肃穆的军礼。

随即，中国蓝盔战士顶着似火的骄阳，进行紧急卸载。卸载过程中，有一个士兵不慎被开出船舱的推土机碰伤了腿。

面对突发事件，将士们立刻围上前来。

这时，正在开着救护车巡逻的法国年轻女军医刚好路过港口，她看见港口动静异常，立刻驱车赶到。

"贵国船上发生了什么事？"年轻的女军医一跳下车，就急匆匆地找到中国"蓝盔部队"中军衔最高的中校高军询问。

"我的一名士兵腿部受了伤，希望能够得到帮助！"看到来了军医，高军异常高兴。

女军医一听，立即表示："我们是在这里巡诊的，我可以上船看一下情况吗？"

在得到许可后，这位年轻漂亮的法国女军医背着红十字药箱快步登上中国舰船。

就在这时，中国海军"郑和"舰的军医也及时赶到了现场。中法两国的军医共同为受伤的战士进行急救，他们为受伤的战士清洗了伤口，进行了包扎。

就在进行急救的这短短时间里，在码头担负维持和平部队通信任务的澳大利亚通讯车，已经把中国士兵受伤的情况通报给了联合国驻柬埔寨临时权力司令部。

不到 40 分钟，一架联合国派出的直升机就降落在了

蓝盔部队首度出征

港口附近的停机坪上。伤员被迅速地放在担架上，由法国救护车送往停机坪。接着，飞机带着伤员直冲云霄。

当天晚上，驻柬埔寨维持和平部队的加拿大籍后勤官员罗内先生来到了港口，对刚刚登陆的中国"蓝盔部队"进行慰问。

罗内首先通报了受伤中国战士的情况，他说："贵军今天下午受伤的那名士兵已经被运送到了泰国，安置在曼谷皇家航空港医院 114 室。这是他住室的电话号码，你随时可以与他取得联系。"

大队长李金勇听后感到既吃惊又感动，他没有想到，一名士兵受点儿轻伤竟会引起一场"国际大扶伤"，且协同如此密切，动作如此神速！让中国的"蓝盔战士"们见识了联合国维和部队的伟大力量。

巧妙解决异国生活难题

中国"蓝盔部队"来到柬埔寨后，在联合国安排的营地驻扎下来。可是首先就遇到了一个大问题，这里竟然没有水喝，这是很多人所始料不及的。

战士们在参加出国教育时，已经非常清楚柬埔寨的天文地理。柬埔寨位于中南半岛西南部，大部分地区被森林覆盖。

湄公河在境内长约 500 公里，流贯东部。洞里萨湖是中南半岛的最大湖泊，低水位时面积也有 2500 多平方公里，雨季湖面达 1 万平方公里。

柬埔寨不但多河流湖泊，而且多雨，一年有半年是雨季。再说，中国工程兵到柬埔寨是要修路修桥，哪条公路没有跨水而过的一二十座桥梁？会缺水吗？

不过，好在大队长李金勇做了充分准备。就在他们上飞机的前一天，他派人买了 15 个大塑料桶，全部灌满了水，准备带上飞机。

当时许多人不明白大队长这是干什么，还有人说飞机上已经装载了 30 个人，还有指挥车、电台车、罐头、压缩干粮……哪有地方再装这么多水？这又不是要去沙漠，带那么多水干吗？

抱着"不怕一万，就怕万一"的心态，李金勇还是

蓝盔部队首度出征

坚持要把水装上飞机。最终好不容易才挤上了10桶。

没有想到，这10桶水却成了先遣队的救命水。先遣队到金边前几天，全靠带的这10桶北京水。大家每人每天分配着喝。

一下飞机，战士们立刻发现了当地缺乏饮用水的事实。不是当地缺水，而是因为连年战争，水源缺乏治理，受到严重污染，导致饮用水严重缺乏。

为了解决饮用水问题，先遣队到达柬埔寨的第二天，李金勇就带人来到了风景秀丽的湄公河和洞里萨河，经过化验，发现水质严重污染，不能饮用。

没有办法，战士们只好到金边的街上联系饮用水，但是金边只有瓶装净化水，一瓶瓶地买净化水喝，大部队来了，这开支如何承担？

于是先遣队兵分三路去找水源：一路通过当地群众找，化验后不能饮用；一路通过华侨找，化验后仍不能饮用；一路带上武器到"最不安全"的公路找，一化验，还是不能饮用！

这时，中国驻柬埔寨代表处实在看不下去，于是提出到原中国大使馆拉水。可是大使馆喝的也是从街上买来的净化水。这等于说要本国使节掏钱为自己买水喝，那怎么行？

万般无奈，李金勇提出打井！几十名官兵找到一口干枯的老井，花了一天的时间，向下挖了整整3米多。水倒是有了，可是一化验，还是有污染。

于是，战士们放弃老井，再挖新井！经过紧张施工，新井终于挖成了。看着清凉凉的地下水喷涌而出，官兵们心里乐开了花。

然而，好景不长，井就见底了。饮水问题再次成为中国"蓝盔部队"面临的最大问题。于是，李金勇只好向联合国求助。

几天后，联合国驻柬埔寨临时权力机构给中国"蓝盔部队"联系到了一个小水厂，联合国驻柬埔寨临时权力机构定期来结账，这样，饮水问题才算基本得以解决。

饮水没问题了，吃饭就成了大事情。中国"蓝盔部队"初来乍到，联合国驻柬埔寨临时权力供应系统还没有运转起来，头两月只能自己想办法解决。

还好，中国"蓝盔部队"已经做好了准备，带来了足够三个月的伙食，其中既有大米白面，也有各种肉菜罐头，当然，还有上街买新鲜菜吃的美元。

吃饭没问题，买菜却要上街买，这可是个问题。第一次买菜，别人不收美元，战士们才知道，要先把美元换成柬埔寨的货币瑞尔。第一回上街买菜，居然买回了一大筐当地的钱！

然而，柬埔寨的市场，是一个通货膨胀的市场。于是后勤人员定了一个明白的新规矩：每天买菜先买钱，砍好价钱再去买菜，争取把每一分钱都用到实处。

等到了两个月后，后勤人员认为这下可以接受联合国的正常供应，不用自己再费神了。可没想到，后勤领

蓝盔部队首度出征

导从联合国驻柬埔寨临时权力机关那里拿到的不是伙食，而是一张"联合国营养比例表"。

原来，联合国讲究的是按食品热量进行供给。"营养表"上列出了上百种的主副食品，要求各部队每人每天按比例挑够 3.9 公斤吃下去，保证热量在 4000 大卡以上，至于吃了多少钱，不用部队管。

这与国内差别很大，在国内官兵们是"吃经费"，即每天的伙食费按人数发到连队。至于每天吃的是什么饭，连队自己合理安排。因此，中国"蓝盔战士"们初来乍到，感觉非常不习惯。

几番沟通后，供应处官员明确表示："市场上的物价天天变化，天知道每天要发多少伙食费？联合国 1947 年以来就一直是按这种方式供应的，从未改变过。"

没有办法，中国"蓝盔部队"的后勤领导们只好硬着头皮拿起联合国"营养比例表"进行认真研究。

经过逐项认真研究，他们很快发现，主食、肉类和蔬菜问题都不算太大，调料类问题是最突出的，这并不是因为比例表有问题，而是因为饮食习惯不同，中国人做菜常用的花椒、大料、五香粉，甚至酱油、醋都一概没有在列表中。

既然中国人遇到了这个问题，其他国家的人也应该会有相似的问题。于是后勤领导决定他到附近的澳大利亚、德国、加纳等部队走访一圈，了解下他们是如何处理饮食问题的。

调查发现，这些国家的部队没有伙食费竟然也能采购食品？原来，他们是通过与承包商协商的方式进行的。

按照联合国的规定，各部队首先向联合国后勤供应处报上"本国营养比例表"，供应处再交采购处，采购处又向承包商招标，完全靠市场自由竞争来厉行节约。

在向承包商招标的时候，可以通过供应处直接安排与承包商见面进行谈判，再签合同。

谈判对手是一个美国的承包商，当他接过中国人开列的食谱后，叫苦不迭。一个劲抱怨中国人口味太刁钻，不好供应。

原来，欧美各国部队天天吃面包不变样，蔬菜也大多是土豆、胡萝卜，一周采购一两次就行了，而中国部队的食谱是顿顿都不重样，而且要很多新鲜蔬菜，所以只能一天一送。

不过，中国的谈判代表非常清楚双方谈判的位势，当对方提出要中国战士们改食谱时，中国代表立即提出食谱不能改，我们可以改承包商。

就这样，吃喝问题算是都得到了顺利解决。除了吃喝这些最基本的生活问题，说话也成了中国"蓝盔部队"遇到的一个难题。

现在的中国人也体会到了做"老外"的滋味，一遇到外国人，为了表达清楚自己的想法，不得不尽量用洋文。可是战士们又大多没有这个能力，只能是中外混杂。

经过一段时间，战士们至少牢牢记住了一个词，那

蓝盔部队首度出征

就是"安泰克"。原来,"安泰克"是联合国驻柬埔寨临时权力机构英文缩写的音译。

许多战士就凭着"你好"、"上午好"、"太棒了"、"很抱歉"等几个有限的英语短句,与外国朋友展开了亲切交谈。战士们毫不羞涩,他们渴望着在这难得的交流中提高自己面向世界的基本素质。

中国维和工兵部队为了丰富业余生活,还从国内带来卫星电视接收机,每天晚上人人争看中央电视台的"新闻联播"。

另外,还运来了大功率发电车,修建起一个灯光球场。其他国家的维和军人也常到中国维和工兵驻地打篮球,离开时东道主总要备上一餐中国饭,渐渐地在外军中就流传开一句话:"不吃中国饭不算中国汉!"

中国的饭菜飘香可口,一天联合国驻柬埔寨临时权力机构的桑德森将军也兴致勃勃地走进中国维和工兵大队营地。

好客的中国军人非常欢迎这位和气的"司令官",酒席间军人轮流上前敬酒,有一位调皮的中国士兵还用英语搬出国内的劝酒令:"感情深,一口吞!"

通过一番回味,桑将军明白了劝酒词的含义,果断地端起"五粮液"一饮而尽。可是很少喝中国烈性酒的桑将军呛个满脸通红,待喘过气后他哈哈大笑地称赞:"中国酒有劲道,中国军人更厉害!"

二、 维和行动赢得尊重

● 在激昂的音乐声中，在各国代表、使节和中国蓝盔战士们的注目下，一面蓝色的联合国旗帜徐徐升起，映衬着蓝天白云，格外好看。

● 大队长马继东下达开工命令后，营地里立即响起了震天的马达声，接着一条白色的机械车辆长龙飞奔而出，直赴六号公路。

● 他紧紧拉住马继东的手说："联合国驻柬埔寨临时权力部队的安危就交给中国工兵啦！"

抢修桥梁受到交口称赞

1992 年 5 月 5 日，一个大晴天。迎着初升太阳，联合国赴柬维持和平部队司令桑德森中将来到了中国军营，参加中国"蓝盔部队"升旗仪式，并检视部队。

参加升旗仪式的，除了桑德森以外，还有联合国安理会 5 个常任理事国的驻柬代表，以及泰国、马来西亚、德国、日本的驻柬使节。

在激昂的音乐声中，在各国代表、使节和中国监盔战士们的注目下，一面蓝色的联合国旗帜徐徐升起，映衬着蓝天白云，格外好看。

联合国旗在中国"蓝盔部队"的军营上空随风飘摆，表明中国工程兵的维和工作就要正式全面展开了。

这时，只见身穿迷彩服，脚蹬陆战靴的桑德森中将健步走到了旗帜下，发表了热情洋溢的致辞。他说：

> 从这一刻起，重建柬埔寨又多了一支不可低估的生力军。我也曾是一名工程兵，我以司令和同行的身份，对你们表示欢迎！

桑德森中将已经 50 多岁了，是一个具有超强专业眼光军事司令官。在中国的军营中，他以专家的挑剔的眼光，仔细检视了中国工程兵带来的一件件机械装备。

在联合国赴柬维持和平地面部队中，中国"蓝盔部队"绝对是机械化程度最高的部队之一。进入中国"蓝盔部队"的营地，如同进入一个钢铁的世界。

在这里，可以看到上百台的大型车辆，上百台大型机械，上百个集装箱，它们排成钢铁长龙，盘绕在军营里。

经过一阵子的细细研究，桑德森中将表示十分满意，他对自己的随员们说：中国人不出兵则已，出兵就一定很像样。瞧瞧，这些都是一流的装备，一流的部队！

视察完毕后，桑德森与战士们进行了亲切的交流。他对大队长李金勇说：

> 我非常高兴在我任司令官的时候，中国政府第一次派军队参加联合国维持和平行动。现在，你们是到达金边的第一支担负建设使命的工程部队。我相信，凭你们闻名于世的吃苦耐劳精神和忠诚尽职品德，一定能非常出色地完成任务。

经过几天的适应，中国"蓝盔部队"基本把一切都安排妥当，开始正式工作了。大概是各国部队的机械化意识都很强，一干起活来，大家都会想到中国工程兵的钢铁长龙。

维和行动赢得尊重

于是中国工程兵大队任务列表越来越长，不仅要抢修机场，抢修公路，抢修桥梁，还要为某国步兵营挖厕所，为某国后勤连挖排水沟……

面对扑面而来的繁杂任务，工程兵每天忙得不可开交。联合国驻柬埔寨临时权力工兵处处长都看不下去了，于是他在总部作战室交接班会上发出呼吁说："中国工兵任务太重了，不能再加任务了！"

经过协商，联合国驻柬埔寨临时权力工兵处决定，在为中国工程兵下达各项任务时要标明任务的重要性，中国"蓝盔部队"一定要从"最紧急任务"做起。

根据安排，中国"蓝盔部队"抵达金边以后的第一个紧急任务就是到四号公路抢修桥梁。

接到任务后，中国"蓝盔部队"立即组成了50人的特遣分队，开始在四号公路沿途抢修桥梁。

四号公路是柬埔寨最重要的四条公路之一，通过它可以从金边直达西哈努克港，从而建立起通向世界的通道。联合国驻柬埔寨临时权力维持和平部队的人员、物资都必须从这里经过，因此把它视为联合国维和行动的生命线一点也不为过。

经过勘查，四号公路上共有6座桥梁被战争破坏。其中破坏最严重是二号桥，已经完全失去桥梁作用，整个桥面都落入到了水里，必须首先抢修。

为了尽快抢修好二号桥，一大早天还没有亮中国"蓝盔部队"就出发了，到现场的时候，天空还是黑黑的，守桥的柬埔寨哨兵还没有起床。

经过紧急研究讨论，副大队长高军当场决定，在落入水中的旧桥面上搭起枕木桥墩，然后再撑起一座野战钢架桥。

事不宜迟，说干就干。50名战士全身心投入到了工作状态中。经过紧张施工，在太阳还没有出来之前，一切就已经完工。

这时，柬埔寨的哨兵们才揉着睡眼惺忪的眼睛从帐篷里探出头来。当他们发现自己看守的二号桥一夜之间变成新桥的时候，吃惊得睁大了眼睛。

正要向前问怎么回事，眼尖的柬埔寨士兵已经有人发现了中国"蓝盔战士"右臂上的红五星臂章。他们高兴地喊起来："中国兵！中国兵！"

双方士兵正在进行沟通，这时，一支来自东欧的维和部队从西哈努克港开了过来，这是一支有一百多辆车组成的庞大队伍，其中还包括好几辆重型车。

这些车来到了二号桥前，不过并没有过桥，而是停了下来。一位军官跳下车找到了修桥特遣分队的负责人高军。

原来，这位军官已经接到报告说，新修的二号桥承受能力只有30吨，而他们车队中有几辆车都已经达到了30吨，因此他们非常担心，害怕过不了桥。

这时，中国的工程师胡业平上尉站了出来。他精确地回答说："我们已经反复计算过，这座桥现在的承受能

维和行动赢得尊重

力已达到 40 吨。"

共和国的历程

·蓝盔战士

东欧的这位军官还是有些犹豫。只见高军转向大步走到了桥中央，他大喊："胡工，告诉他，我来指挥他的车队通过。如果桥压垮了，我先掉下去！"

东欧的军官这才放下心来，车队缓缓驶过新修的二号桥，结果桥体连晃都没晃一下。

全部车队走过去后，东欧的军官专门跑到了高军面前，敬了正正规规一个军礼，表达了由衷的钦佩之情。这时，围观的柬埔寨老百姓都鼓起掌来。

接下来同三号桥和四号桥，这两座桥破坏得并不是很严重，但是却足以阻挡车辆的来往。经过中国"蓝盔部队"特遣小分队加班加点的工作，得以迅速修复。

经过十几天的工作，四号公路上的 6 座桥全部修复完毕，速度之快令人称奇。

泰国空军参谋长的儿子沙塔磅看到中国人修的桥后，钦佩地对高军说："中国工兵的施工质量是一流的，速度也是我没想到的，我甚至想加入你们的行列。我祖上，也有中国血统。"

可是，桥梁修复工作刚刚全部完工，原来完好的五号桥却又出了问题。有一辆拉满大原木的载重车，过桥时把有些腐朽的木桥板压断了。

车辆无法过桥，四号公路全线瘫痪。一下子四号公路上就堵了几百辆车。特别是四号公路夜晚非常不安全，常有拿着武器的当地人游荡。

按照惯例，修桥必须提前一天进行勘查，制订好施工计划才能开工。面对紧急情况，特遣小分队立即决定修改施工计划，提前开工，争取当天修复完成。

正在施工紧急进行时，一个法国军官找到了特遣分队负责人，他着急地说："我有紧急任务，今天到西哈努克还要赶回金边。"

看着法国军官焦急的神色，特遣分队决定采取紧急措施，用吊车把法国军官的吉普车吊过河去。

吉普车捆绑好后，中国"蓝盔部队"的钢铁长龙中，驶出一台大吊车，只见它伸出长臂，稳稳当当地把吉普车从空中送到了对岸。

两岸围观的各国军人和当地群众，都情不自禁鼓起掌来。那个法国军官更是兴奋地跳了起来，他从车里拿出一瓶法国白兰地，硬塞到了中国士兵的手里。

当西边剩下最后一抹余晖的时候，五号桥终于修好了。突尼斯部队、波兰部队立即开进，顺利越过大桥，驶向目的地。

一直保持着外交官风度的英国驻柬埔寨代表，也情不自禁地留下了一句赞许："不可想象，我今天还能赶到西哈努克！"

维和行动赢得尊重

中国工兵抢修六号公路

　　时间飞逝，中国"蓝盔部队"已经在柬埔寨工作半年多了。这时，刚刚过完 1993 年的春节，根据安排，接替第一支部队继续执行维和任务的第二批赴柬维和工程兵大队就要出发了。

　　1993 年 2 月 11 日正午时分，两架飞机从北京南苑机场呼啸而起。飞机经过老挝，越过泰国，顺利抵达柬埔寨的上空。

　　这时，柬埔寨的局势有恶化趋势，针对联合国人员的袭击事件也时有发生。有一次，中国工程兵磅同第二批赴柬维和工程兵大队一辆自卸车驶出营区不远，就被一侧丛林飞出的子弹击碎了挡风玻璃。

　　还有一次，有一伙不明身份的武装人员袭击了营地。他们带着迫击炮，40 火箭筒，还有这个轻机枪，步枪。中国"蓝盔部队"配备的武器只有 56 式冲锋枪，而且每一支只配备了 60 发子弹。

　　不过还好，虽然双方激战了 90 分钟，"蓝盔部队"并没有出现伤亡的情况。只是装备和住房遭到了不同程度的破坏。

　　为了保证中国"蓝盔部队"的安全，赴柬工程兵大队做了应急预案，要求在营区的周围构筑防御工事。各个门口全部安成这个小喇嘛警铃，一按电钮，这个警铃声就响了。还利用业余时间，将交通壕和掩蔽部挖通，东南、西南、东北、西北四个角，都有掩蔽部，还有射击孔。

为了使官兵在紧急情况下不吃亏、有战斗力，作战科还反复修改了"赴柬工程兵大队应急自卫方案"，具体规定了应急自卫原则，如听到枪炮声、遇直接骚扰、在疑有地雷的区域作业、遇有拦车敲诈勒索、发生火灾以及盗窃等事件的处置方案。

同时，大队长马继东还专门给全体官兵上了一课"目前形势和我们的对策"，向大家阐明当地政府大选进程及其前景，暴力事件及其规律，还有我大队的处境及对此的分析，我们的基本对策等问题。

在对策中首先强调，要培养良好的心理素质，做到临危不乱，一切行动听指挥，在此基础上熟悉预案，搞好演练，加强防御，处理好周边关系，有节奏地完成各项任务。

中国"蓝盔部队"第二批人员到来后，中国维和力量勃发出新的生机。第二批人员刚刚落地，就接到了修复六号公路中段和南段紧急任务。

六号公路，纵贯柬埔寨中部和北部，全长400公里，中间有桥梁一百多座，是驻柬联合国部队机动的一条基本干线。

六号公路还是从柬埔寨通向泰国边境的主要通道，

维和行动赢得尊重

在柬泰边境的深山老林中，滞留着从金边等地逃出的难民。这些数以万计的难民，只有公路修复后，才有可能重返家园。

可是，经过80年的沧桑巨变，六号公路早已是千疮百孔。而且，在中国、泰国和法国的工兵部队日夜抢修到磅同省的斯镇时，进程严重受阻。这是因为常有不明身份的武装人员袭击，经常有人摸到工地上埋设地雷、绑架、暗杀，造成维和军人的伤亡。

当时在柬埔寨国内，埋有1200多万颗地雷，达到平均每个人1.2颗。而且，埋一颗地雷只要8美元，排除一颗则需要120美元。6号公路的进度如蜗牛爬行……

但是，无论在什么环境，中国维和工兵部队对柬国内各派以及维和的友军，总是保持着一种友好姿态，一件件动人的事迹在中国军人的行动中产生，因为他们牢记着一个信念，维和部队无敌人。

经过勘查和研究，中国工程兵指挥部决定把它分成几段，每段分配适当的人员，各段同时开工。

修复的方法严格按照联合国驻柬埔寨临时权力工兵处的要求，在原沥青路面破坏不大的地段采用沥青修补法，在原沥青路面破坏较大的地段采用红土铺垫法。

垫路的红土是一种铁矿砂土，这种土只有在铁矿蕴藏点才有，所以必须有本地人的指导。经过实地勘查，查明取土点与垫土点的平均距离达到五六十公里。

一切勘查清楚后，第二批赴柬维和工程兵大队全体官兵在五星红旗和联合国旗下列队集合，准备开工，他们要修的这段路是破坏比较严重的，因此需要用红土铺垫法修复公路。

这是第二批赴柬维和工程兵大队进入柬埔寨后的第一仗，所以劲头儿憋得足足的，决心要开个好头。只等一声令下，就要喷涌而出。

大队长马继东下达开工命令后，营地里立即响起了震天的马达声，接着一条白色的机械车辆长龙飞奔而出，直赴六号公路。

所有机械首先要送到施工现场，而所有自卸车要到30余公里外的取土点。然而，正在大家兴致高涨，准备大干一场时，没想到第一天就出事了。

原来，在六号公路北段，指挥部为了不误工时，提前一天把两部行动缓慢的重型机械先期运到施工地点附近的村庄，交给当地村民看管，并付了看管费。

但是正式开工后，到村里取车时却发现，两部重型机械的电瓶全丢了，连委托看守的村民也不见了。没有办法，指挥部只好一方面派人与村长交涉，一方面用其他车上的电瓶启动了两部重机械。

于是，公路修复工作正常启动。当一车车红土运到施工现场后，等候在那里的推、挖、装、铲各种重型机械顿时活跃起来。

按照原定方案，只要把红土直接铺垫在被破坏的路面上就行。这非常容易，而且铺好后也非常好看，路面

维和行动赢得尊重

一下子平整了许多。

不过，没有几天，工程队就发现了问题。因为这里是个多雨的国家，几乎天天下雨，几场大雨过后，路面的红土便被水冲走了不少，于是地面再次变得坑坑洼洼。

怎么办？总部工兵处的工程师们绞尽脑汁，经过几番苦苦的探索，终于找到了一种"泥结碎石路面加覆红土"的施工方法。

这种方法是首先用推土机的后桥钩把旧路基翻开，再用路边的黄黏土与翻开路基后裸露的碎石拌和在一起进行碾压，然后再洒水并用红土覆盖后反复压实，总共要经过 8 道工序。

实践证明，这种施工技术形成的路面质量非常好，黄黏土的合理使用更是收到了意想不到的效果，不但不陷车还增强了路面弹性。

看到施工需要黄黏土，周围的老百姓都争先邀请中国工兵到他们的房子周围去挖。因为土挖完了，一个鱼塘形成了，真是一举两得。

随着中国"蓝盔部队"承担路段的最北段逐步修复，中国工兵与当地老百姓的感情也在一天天加深。中国工兵修路时从来不毁坏一棵路旁的庄稼，让老百姓从心眼里感激。

另外，部队里的军医常常背着药箱在工地巡诊，碰到有病的本地人时也会顺便问诊送药。因此，军医们走到哪里，哪里便会围上不少当地人。

与中国"蓝盔部队"承担路段的最北段逐步修复的同时，位于其南部的一段也正在紧锣密鼓地进行施工。这一段是整个六号公路相对保存最好的一段路，因此采用的是沥青修补法。

中国的工兵部队搞混凝土作业是真正的内行，而搞沥青作业却是一个新课题。因此，为了修好这段路，中国"蓝盔部队"首先进行了多次试验，终于摸索出了一些在热带环境中修补沥青路面的经验。

修补路面没有问题，可是却发现这一路段并不安全，经常受到莫名的骚扰。

有一次，在公路上莫名其妙地发生了一场枪战，据说是政府军在追赶越狱的逃犯。好在只打了一分钟，没有真正影响到施工。

还有一次，工程兵正式施工，突然从路边树丛中窜出来几个不明身份的人，他们用枪向正在施工的推土机方向进行射击。

正在施工的几个工程兵赶快隐蔽在机械后面，才没有受到伤害。类似这种近距离的武装袭击事件连续发生过好多次，幸亏战士们反应迅速，才没有出现什么严重问题。

就是在这样可怕的环境中，中国"蓝盔战士"们挥汗如雨，加紧施工。

在炽热的阳光下，地面温度达到 50 摄氏度，再加上沥青的烘烤，很多战士的眼睛都被熏肿了，可他们坚持

维和行动赢得尊重

作业，几乎没有休息过一天。

在六号公路上，谁也说不清中国"蓝盔战士"洒下了多少汗水，谁也说不清中国工兵在这条路上播下了多少中柬友谊的种子。

一天，有一名军事观察员外出执行任务，路过一个村寨，只听人声鼎沸，又见火光冲天。原来是有一户人家失火，还有一位老人和小孩没有跑出来。

这位观察员得知，一下将贝雷帽摘下换上随身带的便帽，再把饮用的矿泉水往身上一洒，冒烈火冲进房去，将老人和小孩救出。

从四周村民的赞扬声中，观察员才知道，被烧的是一位高级官员的住宅。从那天以后，中国维和工程兵部队的工地上，再没有人埋地雷了，村民们自动为中国朋友站岗放哨……

一次，中国维和工兵部队的另一名军事观察员到野外例行巡逻，在路边的一棵大榕树下，发现一位蓬头垢面的中年妇女躺在地上，中国军事观察员知道这是疟疾发作。按当地的风俗，谁得了疟疾就是让"琵琶鬼"缠身，只有扔在野地等死。

中国军事观察员见状，连忙将出产于中国黔江县的特效药掏出，慢慢让中年妇女服下。

三天后，这位中国观察员路过该村，刚想打听中年妇女的吉凶，一抬头就望见中年妇女正在水田里吆牛耕田，就启动汽车默默地离开……

很多路过这里的联合国驻柬埔寨临时权力人员和柬埔寨各界人士，对中国"蓝盔战士"拼命工作的精神挑起了大拇哥。

有时候，中国工程兵已经离开某段公路好几个月了，仍然有一些华侨和本地老百姓捧着香蕉、驮着椰子前来探望官兵。

不过，随着大选期限的临近，柬埔寨的形势越来越混乱，在中国工程兵大队遇到两次袭击后，不得不最终撤出了六号公路。

维和行动赢得尊重

中国工兵创造上丁奇迹

1993 年 5 月的一天，在联合国驻柬埔寨临时权力机构总部里，官员们个个愁眉不展。

原来，因为柬埔寨大选临近，局势日趋恶化。在柬埔寨，大的派别有几十个，随着大选日期的临近，各党派相互间的暗中较劲，逐渐演变成了直接对抗，矛盾进入白热化。

在这样的情况下，联合国维和部队中开始出现人员伤亡的情况。为防万一，联合国驻柬埔寨临时权力机构制定了紧急情况撤离方案。

按照撤离方案，距老挝仅 60 公里的上丁机场，是预备方案中的重要撤离通道。如果其他道路都被反对派给堵塞了或者占领了，都没法出去的时候，就用空运到上丁，由上丁再转运到老挝，再返回自己的国内。

本地机场的修复工作，是雇用本地的民工在干。可是，本地民工根本不上心，所以上丁机场修复的任务，已经进行了几个月，还远远没有完成。

这时距离大选只有短短的两个月时间了，如果在大选之前，这条通道打不开，一旦形势危急，想安全撤离都困难。

面对困境，彻夜难眠的联合国驻柬埔寨临时权力机构工兵处处长找到了中国第二批赴柬埔寨工程兵大队长马继东。

处长想把这块硬骨头交给素以打硬仗闻名的中国工兵，但是因为中国工兵现在的任务已经很重，所以工兵处处长看到马继东的时候，用手指着上丁，却尴尬地说不出话来。

马继东是东北大汉，外面粗鲁，脑子并不笨，一眼就懂得了处长的意思。只见他拍着胸脯大声说："这个任务我们承担，我保证两个月内全面修复上丁机场。"

工兵处处长听到中国"蓝盔部队"大队长这样保证，不禁眼前一亮，他紧紧拉住马继东的手说："联合国驻柬埔寨临时权力部队的安危就交给中国工兵啦！"

不过，处长似乎对中国"蓝盔部队"的施工能力还有所怀疑，因为在他的眼里，中国军队军纪过于严格，他认为这会影响士兵的战斗力。

处长问马继东说，你们这么多的兵，你都要像母鸡关怀小蛋那样，天天把他们抱到怀里，是不是说你们的兵不能吃苦？

马继东明确回答说：当然不是。

作为中国赴柬埔寨维和工程兵大队的大队长，马继东决定主动请缨，修复上丁机场的任务，他是要让中国军队的良好形象，展现在国际舞台上。

马继东一回到营地，立即带领部下，带上侦察器材来到了上丁进行了实地勘查。

维和行动赢得尊重

实地勘测后发现，上丁机场位于柬埔寨东北部，处于高山峻岭和原始森林的环抱之中，距金边 400 余公里，陆路、水路都不能贯通。长年战乱导致机场损坏失修，飞机跑道、停机坪已不能使用，飞机无法降落起飞。

要修机场、修跑道就需要大量的工程机械，怎样把远在金边的这些笨重的工程机械运到上丁，成为最现实的一道难题。

根据联合国驻柬埔寨临时权力机构的安排，先走水路，沿湄公河逆流而上，中途再转入陆路。马继东打开地图，看到这段陆路是一片渺无人烟的原始森林，一打听，又听说那里常有土匪出没，道路极差。

为了安全，大队长马继东决定亲自勘察一下这条路线。他们一行几个人坐上一辆小货车从上丁机场出发了。随着不断向森林深处前进，他们发现只有在一些重要的路口才会有政府军士兵站岗。

而且道路非常破败，地面是大大小小的弹坑，几十座已被炸毁的桥梁都已长满青苔。非常明显这里已经好多年没有人真正管过了。

马继东他们一大早就出发，一直走到过了中午，才勉强走出了一半路程。他们不敢再走下去，决定在天黑前赶回到上丁。

可即使这样，他们在回去的路上还是遇到了一件惊险的事情。当时他们正在摇摇晃晃地向前慢慢行走，突然从两边密林中窜出来几名武装人员。这些人手持冲锋枪，说是想搭车。

不过还好，他们在看到车内实在太挤，根本坐不下去人后，就把他们放行了。当时马继东他们也忘记路面坑坑洼洼了，一个劲地向前飞奔了十几公里，才把心放回了肚子里。

经过这次实地勘查，马继东他们下定决心，放弃这段陆路，那怕绕得远一点。经过一段时间的折腾，所有机械终于按时运到了机场。

在此期间，马继东在金边已经组织好一支 25 人的小分队。他们与已经先期到达的 10 人小分队会合为一个整体，开始了艰苦奋斗。

面对 6900 余平方米的跑道，联结道，停机坪，沥青面层的修复任务，中国维和工程兵大队制定了严密的施工计划，跑道只需修补，而联结道和停机坪，必须全面返修，这比重新修筑还要费劲，为此，士兵们必须要进行超负荷工作，才能按时完成任务，不过中国的"蓝盔战士"们已经做好了一切心理准备。

根据预定的计划，战士们每天都要到 20 公里以外的河里去取鹅卵石，然后再洗净，并用机械砸碎成大小两种规格，作为路面的中间两层铺垫。将碎石压实后，再在炎炎烈日下往上面浇注沥青夹层和面层。

为了加快施工，战士们每天早晨四五点钟就起来开始熬沥青，炎炎烈日之下，熬沥青的这个温度相当高，大约有七八十度，战士们被太阳和沥青烘烤得脸上的皮，

维和行动赢得尊重

蜕了一次又长出一层。

就在战士们辛苦工作时，运料方面却出现了问题。负责供应红土和石料的当地公司开始还是正常运料，但没过几天，本地的司机们就一个个闹着要回家了，原来这时已经临近柬埔寨新年，他们不愿意干了。

没有办法，前线指挥部提出，让中国"蓝盔部队"的司机接管车辆运输。地方公司的领班正在担心供料不及遭到罚款，没想到维和部队提出这样的解决办法，他们也顺水推舟就答应了。

于是，中国工兵开始自己运料。血气方刚的年轻战士像小老虎一样上阵了，他们可不会像那些本地司机那样，慢悠悠地开车。

这几辆本地公司的车都已经很旧，所以经不起多长时间的折腾，就一个接一个地出了故障，把本地公司的领班心痛得捶胸顿足。

为了保持施工的速度，必须及时把料运到施工场地，不然施工就无法进行。于是，上丁前线指挥部的小货车也派上了用场，虽然它后面小斗载重量不到大翻斗车的二十分之一，但却异常灵活，起到了意想不到的作用。

正在大家干得热火朝天的关键时刻，本地公司的装载机也出了故障。如果料不能放到车上，车子跑再快也也没有用。

在休息一个上午之后，中国的"蓝盔战士"们实在等不及了，于是组织人马进行人工装车，虽然速度慢，但是至少不会让施工停摆。

对于修复飞机场这样的苦活累活，原来在这里施工的本地民工们曾经认为，中国工兵是干不了的，他们迟早还是要花钱来雇他们。

可是当本地民工们看到战士们用人工装车运料时，夜以继日埋头苦干时，不禁议论纷纷："这些工兵到底是部队还是民工?"

眼看着飞机场的修复工作一天天接近尾声，这些盼望得到雇用的本地民工们着急了，他们跑到施工现场央求中国工兵给他们点儿活干，好养家糊口。

"干活儿可以，不准像以前那样磨洋工，按方计价，工钱由我们说了算!"中方施工小分队的负责人向他们明确地说。

上丁飞机场热火朝天的施工场面引起了许多人的关注，那些在机场驻防的波兰后勤兵、乌拉圭哨兵，以及马来西亚管理人员都深受感动。

特别是波兰后勤连，他们还主动提出帮忙。当看到中国"蓝盔部队"战士们在为存放施工机具犯愁时，他们腾出了自己的一个大棚；当看到夜间施工照明不足时，他们又开来自己的几辆运输车，提供晚上照明服务。

于是，人们看到，每到夜晚的时候，波兰步兵的运输车辆就来到施工现场，围成一圈，将施工现场照得像白天一样，从而形成了一种联合国军并肩作战的局面，非常感人。

维和行动赢得尊重

这时，离柬埔寨大选的日期越来越近了。本来可以不用加班工作就能在大选前完成工作，但是为了尽量保证维和部队的安全，工兵部队决定把进度往前赶。

可是，天有不测风云，老天好像故意和中国工兵部队作对，本来是很少降雨的季节，竟然在施工的关键时期下了3场大雨。

在下雨期间，正是小分队进行连接道碎石垫层的关键时刻，每场大雨过后都不得不连晒3天时间，才能进行下一步的作业。不过这9天时间也不算完全浪费，在此期间，战士们全力投入到了备料的工作中，为后期工作准备了充足的碎石和红土。

还好，老天在3次大雨后，没有再来捣乱。这时，小分队官兵们发誓要把失去的时间补回来，于是工作起来，更加是没日没夜。

在施工作业中，沥青作业是最艰苦的项目，炽热的高温加上难闻的气味，让许多战士都晕倒了。不过，他们在缓过劲来后，立即就又投入到紧张的工作中。

就这样，飞机场的修复工作终于按时完成了。5月10日上午，在晴天丽日下，联合国驻柬埔寨临时权力机构专门派人来做了视察。

当标准的飞机跑道，平坦的停机坪和地面上黄白相间的各种标志出现在视察人员的面前时，他们都情不自禁地举起了大拇指。

一个月的奋斗，使所有参加施工的战士都瘦了整整一圈，连一个穿不上正常号迷彩服的战士，也成功去掉了甩不掉的"将军肚"。

中国工兵打通了金边通往柬东北部的空中走廊，解除了联合国驻柬埔寨临时权力机构的后顾之忧。从此，工兵处的作战地图上又多了一个明显的标记，它标记着中国工兵不可磨灭的历史功绩。

维和行动赢得尊重

中国工兵沉着应对突袭

1993 年 5 月 4 日，柬埔寨最热季节中的普通一天。晚饭后，劳累一天的军事工程大队的官兵们正在位于磅同的中国营区内享受着难得的闲暇。

月光如水，战士们在皎洁的月光下吹着口琴、笛子，唱着思乡曲。虽然远处不断有稀稀落落的枪炮声传来，但战士们早已习以为常。

特别是战士们早已在军营外侧构筑了堑壕、土墙、铁栅、刺网、工事等 5 道环形防御体系，而且还有哨兵的严密把守，所以战士们非常具有安全感。

就在这时，一号哨位发现营地周围有异常情况，因为他听到二三十米以外的灌木丛中有异样的响动，好像是拉枪栓的声音。于是哨兵立即向上级做了报告。得到的答复是："继续观察！"

磅同营区的负责人一方面将周围的情报及时通报给当地的前线指挥部，一方面指挥战士们将几十个由骷髅图案和"小心地雷"的警示牌插在了防御体系的外围。

这时，枪声由远及近，大家眼睁睁看着两道火力网在一公里开外把中国工兵营区夹在了中间。当时，中国军营的战士们依然认为，他们只不过是从中国军营经过而已，因为这样的事情并不是第一次发生。

可是，就在大家正要看热闹的关口，正东方向、西北方向两道火力网突然掉转枪口，一起向着中国工兵营区射来。刹那间，营区一片浓浓的硝烟味，大家只看到空中交织的红色子弹道，听到子弹划破空气的尖锐叫声。

工兵战士们一下子慌了神，有的从屋里冲出来忘了穿鞋，有的从浴室里带着浑身泡沫光着屁股就进入了坑道，还有的被绊倒在地起不了身，只好爬进了坑道。

与此同时，通信兵已经拨通了大队长马继东在金边的电话："大队长，我们遭袭击了！"

马继东听到黄文峰异常的喊叫，不由得心中一阵发紧，不过他还是用平缓的语气安慰说："你别着急，慢慢把情况说清楚！"

"现在炮声太大，情况弄不清楚！"电话那头的通信员着急地大喊。他还把电话伸到观察孔外面，然后对马继东说："你能听到炮声吗?"

马继东虽然没有听到炮声，但他已经明白情况的确十分紧急。因此当通信员请示是不是可以还击时，他果断指示说，可以！

这时，马继东还急于和正在遭袭营地的副大队长、磅同前指挥官席晓明联系上。可是通信员告诉他，正在寻找，还不知道席晓明现在哪里。

因为害怕营地的战士们过于慌张，出现不必要的伤亡，马继东再次将紧急预案中的一些事情进行了详细交代："你现在立即安排三件事：一是命令所有哨兵立即撤

维和行动赢得尊重

回核心工事；二是命令各火力点不要密集发射，以防暴露火力点，同时告诉发射工事内留人不能太多，多余的人撤回来，随时轮换；三是立即清点人数。"

马继东放下手中的电话后，立即指示翻译组向联合国驻柬埔寨临时权力总部进行报告，并请求西五战区进行增援。

就在这时，英勇的中国工程兵战士们已经与对方展开了激烈的交锋。

一开始时，有十几个人大摇大摆地走到中国营区东大门前，企图直接将铁栅门撬开。他们大概觉得维和部队不会开枪，因此毫无顾忌。

这时，与中国营房南侧相毗邻的波兰后勤连营区内忽然射出几排子弹，把几个准备撬门的家伙吓得屁滚尿流，趴在地上不敢动弹，好半天才滚到了两侧的土堆后。

正在这时，用于营区内部联络的对讲机系统因基地台竟然突然出现了故障，在这种情况下，因为每个对讲机的现有频率信号不统一，不能直接对话。

这可急坏了通信兵，他们在坑道中飞奔，按照预案规定的位置，一个一个地帮助对讲机的使用者调整好了频率。

这时，离最近的袭击者已经不到10米远了，战士们屏住呼吸，瞪大眼睛观察着袭击者的动向，同时把对讲机音量调到最小，贴到耳边使用，以防被袭击者发现。

中队长李永亮则躲在工事里，用最微弱的声音通过对讲机指示营区内各点的射击方向。

炮弹、子弹不停地向中国军营中倾泻着，整个院子硝烟迷漫，一股股呛人的气浪涌进工事里来。

联合国驻柬埔寨临时权力机构对讲机在同一地区使用同一频率，一人说话所有人都能听到，因此，中国工兵遭到袭击的消息立即传遍了整个磅同地区。

这时，大队长马继东终于和席晓明联系上了，他迫不及待地询问战况。

席晓明说："我刚刚从四号工事上撤下来，战士们开始在那里打得很猛，后来火力点暴露了，袭击者的枪炮打得那里抬不起头来……"

马继东听说火力点暴露了，有些气恼，他说："防御战最忌讳暴露火力点，一定要尽量用瞄准打冷枪的方式战斗。"

"对，我已经安排了，让他们暂时进入掩蔽工事躲一躲。"席晓明回答。

"既然已经暴露了，干脆放弃它，人员全部撤到掩蔽部里来。"马继东进一步指示。

"好，我明白。另外，已经接到报告，袭击者戴着政府军的帽子，穿的是政府军的衣服！我已经向全观察员报告了，他正设法与政府军交涉……"

马继东一听，马上打断了席晓明，他说："目前对外只能说身份不明！不能说别的，你听懂了没有！"

马继东的担心是对的，中国工程兵大队完全在政府

维和行动赢得尊重

军控制的区域中施工、生活，随便指挥政府军，很容易引起不应有的麻烦。

"明白！现在看来，袭击者的主力集中在东面。西北方向的袭击者主要是打炮，没有直接钻入营区的动向。"席晓明接着说。

马继东再次强调说："你调整一下火力，没有暴露的工事千万不要再密集射击了。特别注意保存自己是第一位的，不能让袭击者钻进铁栅栏！"

战斗在继续。工程兵战士经过指示，现在开始故意不看准方向不射击，因此袭击者很难判断发射点，只好盲目地向营区地面上进行扫射和炮击。

几个小时过去了，大概袭击者的子弹快消耗光了，他们的火力渐渐稀疏起来，最后消失了。安静了好久，工兵战士们才开始松下紧绷的神经。

到了后半夜，除了哨兵们继续严密注视着营地四周的动静以外，其他工兵战士都在坑道里抱着冲锋枪睡觉了。白天累了一天，晚上又经过了这么激烈的战斗，所以一旦精神放松下来，立刻就进入了深深的睡眠之中。

第二天一大早，战士们还没有从酣睡中醒来的时候，大队长马继东就发来了慰问电。接着，新华社驻金边记者联系到了营地，详细采访这起惊心动魄的事件。

当天晚上，中央电视台新闻联播节目就向国内报告了中国赴柬工程兵驻磅同营地遭遇袭击的事件。

新闻播出后，党中央和中央军委都异常重视，我国外交部新闻发言人在北京举行的记者招待会上指出：

　　我国政府对赴柬维和工程兵大队的安全表示关注，对遭受袭击感到遗憾，不希望发生任何暴力事件……

　　5月8日，联合国驻柬埔寨临时权力机构专门派人视察了中国的工兵营地。当他们看到房屋和机械车辆弹痕累累、支离破碎时，不禁发出叹息说："真没想到打得这么厉害！"

　　大队长马继东也向联合国驻柬埔寨临时权力机构送上了准备好的汇报稿，详细报告了这次事件造成的严重后果。报告中写道：

　　我方侥幸没有人员伤亡，但损失严重。有8部机械车辆受损，表面被火箭弹和子弹穿透多处，这些机械车辆是否已经报废，还有待进一步检查。

　　20多间房屋发现有103处被子弹炮弹击中，工事6处遭炮击，地面和其他建筑物上发现炮弹坑和破坏地点44处，还有一部分官兵的被装被穿透……

维和行动赢得尊重

两工兵为和平壮烈牺牲

1993 年 5 月 21 日，正在北京柬埔寨西哈努克亲王在乔石委员长为他举行的晚宴上盛赞，在柬埔寨参加联合国维持和平行动的中国部队，是联合国驻柬权力机构当中最好的部队之一。

5 月 22 号，也就是柬埔寨大选投票的前一天，西哈努克从北京返回金边，中国驻柬埔寨大使傅学章见到西哈努克的第一句话就告诉他，昨天晚上我们中国工兵营区遭到了袭击，有两名战士牺牲了。

西哈努克当时一下就愣住了，说这么大的事我怎么不知道呢，他自言自语说，这是谁袭击的中国工兵营啊？是谁袭击了伟大的中国朋友？

原来，这次突发事件就发生在西哈努克亲王回国的前一天晚上，即 1993 年 5 月 21 日晚。

对于驻柬埔寨的中国工程兵来说，这本来是一个很普通的晚上，月光还是那么亮，空气还是那么热，但却因为这次炮击事件，让人感觉到了悲壮。

出事的地方在中国"蓝盔部队"斯昆营区，这个营区分为南北两个院落，中间被六号公路隔开。

斯昆营区在县城的一角，与县政府、警察局、武装部等毗邻。四周都是民房，因此没有办法设置围墙，只是架设了单列桩铁丝网和蛇腹形铁丝网。

当晚，劳累了一天的官兵们早早进入了梦乡。两个哨兵警觉地守卫在哨位上观察营区四周情况。一个非常安静的夜晚，甚至往日那熟悉的零星枪炮声也消失了。

正在这时，突然，一道红光射向北营区。两个哨兵刚刚张大嘴巴还没来得及喊出声音，就听到了剧烈的爆炸声。

正在熟睡的工程兵战士全都惊醒了，他们下意识地迅速翻身下床，紧急进入室内坑道。战士周达兵最感觉莫名其妙，因为爆炸声就在他的身边，等他明白过来是怎么回事，已经被炸弹的冲击波直接送到了坑道口。

战士陈元辉在炮响之后，立刻跳下床往坑道走，可一下子就跌倒在地，他立刻意识到自己受伤了，因为腰部和臂部都麻麻地不听使唤。

短暂的麻木后，陈元辉感觉到了钻心的疼痛。他忍痛刚刚爬到坑道入口，就听见背后有微弱的喊声。于是他又不顾一切地爬了回来，一看，正是自己的老乡陈知国，他还在床上一动不动。

陈元辉低下头大声询问："知国你怎么了？"

陈知国有气无力地说："我起不来了！"

陈元辉明白他一定受了重伤，于是挣扎着用手拖起陈知国便向坑道方向爬。

这时，战士许志军已经到了坑道，他在坑道口帮助进来的战士。看到陈元辉拖着个人过来，他赶快上前帮

维和行动赢得尊重

忙，一起将陈知国拖进了坑道。

就在战士们刚刚进入坑道，又接连响起了两声爆炸。这两发炮弹都是射向了掩蔽部原来的两个出入口附近。

看来袭击者不仅对这里的一切了如指掌，而且用心非常歹毒。他们一定认为在受到攻击后，中国工兵们会一窝蜂从两个出入口进入坑道。

没有想到的是，中国"蓝盔战士"们早已经对坑道进行了一番改造，原来的两个出入口实际已成为一种掩人耳目的摆设。

就在大家进入坑道的同时，通信兵已经将信息传到了中国工程兵大队长马继东的房间。

这天电台干扰很大，透过吱吱啦啦的干扰声，马继东听到通信参谋王旨安断断续续的报告："我们遭到了炮袭，人员现在都进入工事了，有一人受伤！"

"什么部位受伤？"马继东迫不及待地问，盼望他回答说是胳膊腿什么部位受伤。

"胸部，是胸部受伤！"王旨安有些气喘吁吁地回答。

马继东的心一下子就提到了嗓子眼，他深吸了一口气强迫自己冷静下来："立即安排抢救伤员！现在外面情况如何？你们看见袭击者没有？"

王旨安喘着大气说："现在外面枪炮声太大了，震得耳朵听不清。看不见袭击者！"

"能不能判断弹着点的大致方向？"

"基本都落在北院了，我们南院附近落得少！"

"你立即告诉仇忙喜科长，继续密切观察，准备还击，迅速清点人数！等安排就绪后，请他到电台跟前与我直接通话！"

在王旨安找仇忙喜的时候，马继东向联合国驻柬埔寨临时权力总部作战值班室作了报告，并同时请求立即派直升机去营地接运受伤的战士。

这时，电台里传来了仇忙喜的声音，他报告了受伤战士的情况，并报告说正在准备掩护卫生员进入北营区进行抢救。

为了保护卫生员顺利到达北营区，必须有人跟随保护。三班战士汪海俊的反应最快，他不等指导员发话，就和卫生员跃出了坑道，顺着交通壕向北边摸去。

这天刚刚下过暴雨，交通壕里都是淤泥。前进没几步，两个人的鞋就都掉了，只能光着脚前进。就这样，两个人冒着枪林弹雨，接近了北营区。

这时，忽听一发炮弹呼啸而来，汪海俊眼疾手快，一下子将卫生员扑倒在地，炮弹就在不远处爆炸了。还好，两个人都没有受伤。

这时，北营区的哨兵发现了他们。当他们得知两个人是专门来救护伤员时，一股热血涌上心头。他们紧紧握住手中的钢枪说："只要发现一个目标，老子非穿他几十个窟窿。"

当卫生员赶到陈知国面前时，看到周围的战友们已经想尽一切办法为他止血。这位身材瘦小的卫生员立即

维和行动赢得尊重

走上前，使尽了浑身招数给陈知国止血，还注射了一针强心剂。接着，又给其他受伤的人员进行了包扎。

这时，电台中传来了马继东的声音，他焦急地问："人员清点进行得怎么样了？"

仇忙喜连忙上前慌慌张张地回答说："八班战士……余仕利……不……见了！"

只听到电台里传来一阵马继东的大吼："找啊，赶快找人啊！"

漆黑的夜晚，几名领导干部正在进行分头寻找。不断有子弹射进营房，因此几个人都不敢站起身来，更不敢开灯，只能在地上爬着找。

几个干部的膝盖都磨破了，才最终找到了余仕利。不过，他已经牺牲了，身体正好被炮弹击中，已经被炸得支离破碎。

"金边的救护直升机起飞了没有？"电台那边的马继东向身边的人问。当听到否定的回答后，他立即决定亲自赶到直升机场，现场督促起飞！

尽管如此，还是晚了，当直升机赶到的时候，陈知国已经因为失血过多，停止了呼吸。

由于飞行员担心离激战点近不安全，直升机降落在距营区两公里远的一个印度尼西亚步兵连的简易直升机场上。印尼步兵连在听到枪炮声不太猛烈后，便派车将两名烈士和 4 名伤员接到了直升机场。

大队长马继东在确定受伤人员已经被送往医院后，

才勉强松了一口气。他又打电话向代表处报告情况，并着手起草电报，报告党中央和中央军委。

22日6时至24日6时，金边、斯昆、磅同3个营区同时降半旗致哀。

西哈努克亲王听到这个消息后，感到非常难过。他专门派他的女儿和女婿来到中国工兵营区进行了慰问。西哈努克夫人闻讯后执意要赴中国营区慰问，经过众人劝阻，才打消了此念。

西哈努克夫人说：

> 柬埔寨的和平来之不易，伟大的中国朋友
> 做出了自己的牺牲，才得以实现和平。

26日，驻柬中国军事工程大队在金边的波成东国际机场为两名牺牲的战友举行追悼会。联合国驻柬埔寨临时权力机构最高官员明石康致悼词。

2002年8月，联合国负责维和事务的副秘书长格诺先生在视察工兵旅的时候，带来了两枚晶莹剔透的达格·哈马舍尔德勋章。

在象征人类和平生活的地球形状的白色透明勋章上，雕刻着陈知国、余仕利的名字。

维和行动赢得尊重

西哈努克接见中国蓝盔部队

1993年7月5日，柬埔寨首都金边阳光灿烂。这天一大早，马继东等几位中国"蓝盔部队"的负责人穿上中国陆军的夏常服，来到柬埔寨金边皇宫接受西哈努克亲王的接见。

金边王宫是柬埔寨王国曾经的权力象征，曾经的皇家住所，坐落于金边东面，面对湄公河、洞里萨河、巴沙河交汇而形成的四臂湾，属于典型的高棉式建筑。

金边王宫是一组金色屋顶、黄墙环绕的建筑，包括曾查雅殿、金殿、银殿、舞乐殿、宝物殿等大小宫殿二十多座，回廊上是仿吴哥寺的浮雕。

建筑的屋顶中央都有高高的尖塔，屋脊两端尖尖翘起，造型美观，金碧辉煌。从空中俯瞰，王宫一片金光闪烁，格外引人瞩目。王宫东面围墙中央是一个检阅台。

在王宫的所有建筑中，银宫最为华丽，地面用4700多块镂花银砖铺就。大殿内供奉着高约60厘米、由整块翡翠雕成的佛像，晶莹剔透，是柬埔寨的国宝。这里是历代国王礼佛的圣地。

在金色的阳光下，皇宫金黄色的屋顶更加的耀眼，院里奇异的各种热带植物有规则地点缀在一片片绿茵草坪上。

皇宫是柬埔寨最为神圣的地方，20多年来的战乱，不管哪一政治派别掌权，不管亲王怎样在异国漂流，谁也没动皇宫的一草一木。

现在的皇宫更加戒备森严，第一道大门是由联合国步兵、联合国警察和柬埔寨士兵联合守卫着，院中院的小门也都由这些卫兵们分兵把守。

上午8时半，中国"蓝盔部队"负责人乘坐的吉普车沿着湄公河西岸的公路拐向皇宫大门。早已等候在那里的皇家卫队立刻大步跑上前来，将他们从北引导到位于皇宫大院南部的接见大厅。

马继东他们到来的时候，会议厅里已经聚集了很多人，这些人是来自全国各党派、各省市和宗教界的代表。

没多久，西哈努克亲王和夫人莫尼克公主带着微笑步入大厅。会场里柬埔寨的各界人士立即俯身双手合十，嘴中喃喃自语，向亲王表示致敬。

亲王一眼看到中国驻柬埔寨参赞杨耀宗，他加快步伐走上前来握手、拥抱，双手合十寒暄。

杨耀宗指着大队长马继东对亲王说："这就是参加维和的中国工程兵大队大队长马继东，前些日子您收藏的两幅中国画就是他的作品。"

听到杨参赞的介绍，西哈努克立刻显示出钦佩和赞赏的表情。他对马继东说："噢，指挥官，工兵画家，了不起。我珍藏了不少中国画，你的那两幅画画得很漂亮！"

这天，西哈努克亲王的心情非常愉快，精神格外好，70多岁的老人，应该已经是非常容易忘事的年纪，他却几乎没有看讲话稿，讲话非常有条有理。

亲王在讲话中盛赞中柬友谊，宣传中国工兵为柬埔寨的和平与重建所作出的贡献。讲到兴奋的地方，亲王站起身来，他大步走到堆放在会场南侧的中国援助的药品箱旁边。

西哈努克用手拍打着药品箱，向自己的臣民介绍说，这里摆放的药品仅仅是很小的一部分，仓库里还有大量的药品，会后各省的人领回去，用到最需要的地方。

整个仪式结束后，各界人士纷纷离开会场，亲王又重新走到马继东他们跟前。

亲王握住马继东的手说：

> 谢谢，谢谢你们所做的工作。中国工程兵大队给柬埔寨人民留下了非常深刻的印象，你们工作得非常出色。

中国蓝盔部队凯旋而归

1993年9月11日，赴柬工程兵大队主力圆满地完成任务后，离开金边途经泰国帕塔亚回国，留下三人的善后小组负责收尾工作。

按照联合国驻柬埔寨临时权力机构的规定，凡参加维和行动3个月以上的人员，均可获得一枚"联合国驻柬埔寨临时权力机构维和勋章"。

在中国"蓝盔部队"离开柬埔寨前的8月1日，联合国驻柬埔寨临时权力机构为战士们进行了授勋仪式。

中国工程兵大队授勋会场设在大队部门前操场上。搬走篮球架的水泥球场正东，是专业军士姜仕常带领徒弟们精心制作的演讲台。

演讲台正面是用镀锌钢管和彩色编织带搭成的贵宾棚，里面摆放着上百张各式各样的座椅。贵宾棚周围摆放着五颜六色的热带鲜花。竖立在棚顶的蓝色联合国旗和中国国旗，与操场四周的彩旗相互辉映，在劲风下飘扬舒展。棚眉上是巨幅会标：

中国赴柬工程兵大队授勋仪式

与贵宾棚北端紧紧相连的是高大洁白的澳大利亚产

维和行动赢得尊重

的塑料大棚，它的地面和贵宾棚一样铺着灰色的土工布地毯，这是自助餐宴会厅。

厅内东侧墙悬挂着中国人民解放军军旗，西侧墙悬挂着横幅。横幅上写着：

庆祝中国人民解放军建军 66 周年

8 月 1 日这天阳光灿烂。9 时，执勤战士头戴蓝色钢盔全副武装就位。专业军士许寿敏的巨幅水粉画"熊猫迎宾图"矗立在路口。

伴随着电声小乐队的"欢迎曲"，迎来了联合国驻柬埔寨临时权力机构副司令立豆为首的联合国驻柬埔寨临时权力总部各处官员、文职人员，以及 10 多个国家友军的代表。

中国驻柬代表处参赞杨耀宗，代表助理王忠田等代表处成员，以"柬华理事会"为主的各华侨组织代表，中国各省驻柬数十家公司的代表，他们各自在两个签到桌上签名后，坐在贵宾棚内互相寒暄等候。

10 时，大队驻金边全体官兵和驻外省分队的代表提前进入会场。目睹中国工兵威武整齐的阵容和嘹亮的口号声，贵宾们交头接耳，赞叹不已。

10 时 20 分，从教堂赶来的桑德森司令和夫人乘车来到会场。随着欢迎曲骤然响起，全体贵宾起立，鼓掌欢迎桑德森司令和夫人。

站在演讲台一侧的翻译黄年根以大队领导的名义开始了简洁的开幕词。致开幕词后，副大队长兼翻译凌思斌指挥全体官兵立正，他跑步到桑德森面前报告说："将军先生，请您给中国工兵大队官兵授勋。"

桑德森司令笑容满面地走到 21 名官兵代表面前，一个个地为中国工程兵大队官兵别上了"联合国驻柬埔寨临时权力机构维和勋章"。

桑德森司令兴高采烈地对大队长马继东说："马中校，我向你祝贺！"

此时，担任现场解说的黄年根随着桑德森司令的进度，一个个报告着被授勋人的姓名。这中间除了大队和机关的领导、各中队的军官外，还有士兵代表张根生等。

授勋后，桑德森司令走上演讲台。在其他国家的授勋仪式上，桑德森司令都是手拿讲话稿谨慎地发表演说，而这次，他却不用讲稿发表了热情洋溢的即席演说。

桑德森在演讲中说：

中国对联合国驻柬埔寨临时权力机构活动作出了贡献，尤其是中国工程兵所作出的贡献是非常非常重要的。这说明中国为柬埔寨的和平与重建尽了自己的努力，中国工兵为联合国驻柬埔寨临时权力机构行动保障和基础设施建设做了大量的工作。你们中间的很多人要工作和生活在危险和困难的地区，你们一些战友为

共和国的 *历程*·蓝盔战士

此付出了很大的代价！

　　要让全世界的人们都明白，中国工兵对柬埔寨的和平作出了非常非常出色的贡献。作为联合国驻柬埔寨临时权力机构的司令官，我很荣幸有中国工兵这样一支部队作为我的部下。

　　你们的乐观主义精神，艰苦出色的工作，你们坚强的意志，你们精湛的技术，不仅使中国在整个联合国驻柬埔寨临时权力机构中赢得了荣誉，也为联合国驻柬埔寨临时权力机构在国际社会中赢得了荣誉。

　　最后，桑德森司令代表联合国秘书长，秘书长的特别代表明石康先生以及国际社会，对中国维和部队在柬埔寨作出的突出贡献表示了由衷的感谢！

　　桑德森司令的讲话赢得了一阵又一阵热烈的掌声。在授勋仪式结束后，中国的"蓝盔战士"们就要整理行装，凯旋而归了……

三、中国蓝盔走向世界

●4月1日当晚，首都机场灯火通明。头戴贝雷帽，身着迷彩服，颈系蓝色饰巾，脚穿新型陆战靴的维和官兵英姿勃发，象征和平的"地球和橄榄枝"图案臂章在灯光下显得格外醒目。

●胡锦涛主席在检阅维和分队后，充分肯定了维和官兵们做出的成绩。

●中国国家主席习近平在会见联合国秘书长潘基文时表示：中国是联合国安理会常任理事国，这不仅是权力，更是一份沉甸甸的责任。中国有这个担当。

中国维和警察走向世界

2000 年 1 月 12 日，第一批中国维和警察奔赴东帝汶，执行维和任务。那一天，不仅标志着他们个人命运的改变，也标志着中国警察开始走出国门，"亮剑"联合国维和舞台。

中国维和警察刚到东帝汶任务区，就全被分配在一线巡逻。

炎热缺水的生活条件，乱石遍地的公路，枪声四起的街道，纷争不断的边境冲突，血腥残暴的种族杀戮，随时可能染上的热带疾病，还有针对维和人员的武装袭击……

条件恶劣，环境复杂，超出长期生活在稳定和平环境中人们的想象。但是，在很短时间内，中国维和警察就适应了环境，配合防暴警察和维和部队平息骚乱，稳定治安，优秀的表现让很多有八九年维和经验的外国警察都赞叹不已。

中国维和警察在这里的首次亮相，赢得了驻在国和联合国的充分肯定和赞誉。中国警察的过硬素质和良好作风开始为世界所知晓，也为后来中国警察全面参与维和任务奠定了良好基础。

此后，中国警察开始活跃在联合国维和行动的舞台上。2000 年 8 月，公安部成立中国维和警察培训中心，承担维和警察培训任务。

2001 年 1 月，公安部向联合国波黑任务区派遣首批 5 名维和警察，这是中国首次向欧洲地区派遣维和警察。

2003 年 11 月，公安部向联合国利比里亚任务区派遣首批 5 名维和警察，这是中国首次向非洲地区派遣维和警察。

2004 年 1 月，公安部向联合国阿富汗任务区派遣一名高级警务顾问，这是中国警察首次参与阿富汗维和行动。

2004 年 4 月，公安部向联合国科索沃任务区派遣首批 12 名维和警察。

2004 年 5 月，公安部向联合国海地任务区派遣一名维和警察，这是中国首次向美洲地区派遣维和警察。

2004 年 6 月，公安部组建首支维和警察防暴队并在中国维和警察培训中心开展培训。

……

光阴荏苒。时间走到了 2004 年的 10 月 17 日，这一天，中国维和警察与海地结下了不解之缘。

2004 年 10 月 17 日，95 名中国维和警察防暴队队员乘坐联合国包机从北京出发，经过 20 多个小时的连续飞行，安全抵达海地首都太子港机场，与 9 月 18 日先期抵达海地任务区的 30 名先遣队员会合。

就此开始，由 125 人组成的我国第一支赴国外执行

中国蓝盔走向世界

联合国维和任务的警察防暴队，将按照联合国的要求，在海地任务区履行为期 6 个月的维和使命，配合和支援维和警察或当地警察的执法工作，处置群体性治安突发事件，参与重大公共活动的现场警卫，以及协助组建、培训当地警察防暴队。

这是我国历史上第一次派出成建制武装性质的维和警察队伍，并且是到一个未建交的国家，标志着中国警察参加维和工作进入了一个崭新阶段，意义重大，影响深远。

2004 年 2 月初，位于中美洲加勒比海腹地伊斯帕尼奥拉岛上的海地突发政变，各派互相攻伐，治安极度恶化。2 月 29 日清晨，第一个"民选"总统阿里斯蒂德辞职，流亡海外。同日，多国部队进驻海地，维护海地的和平与稳定。

4 月 30 日，联合国安理会通过了关于成立联合国驻海地稳定特派团的 1542 号决议，以解决海地中长期发展问题。决议规定，向海地派遣包括 6700 名军队人员和 1622 名维和警察的维和力量。

联合国向中国发出了派遣成建制维和警察防暴队的邀请。5 月，党中央、国务院决定向海地派遣维和警察防暴队。公安部部长指示："一定要选精兵强将，为国争光，不出任何问题。"

公安部精心组织，周密部署。6 月，全国公安机关选调精兵强将到中国维和警察培训中心集结，参加首期维和警察防暴队培训班。

经过 3 个多月的严格培训，包括 13 名女警在内的 125 名民警顺利通过了联合国的考核评估，组成了中国首支维和警察防暴队。

中国首支维和警察防暴队素质非常高：平均年龄 28 岁，都具有大专以上学历；从事公安工作 5 年以上，具有较强的公安业务技能；经过县级以上医院体检合格，心理素质良好；大部分队员英语达到四级以上水平，具备相应的听、说、读、写能力；具有熟练的驾驶技术，并具有两年以上驾龄。防暴队各级指挥、对外联络人员还接受了英语、法语强化培训。

出发前，公安部主要领导专门视察检阅了防暴队，为大家壮行。公安部党委委员、副部长孟宏伟与防暴队临时党总支成员集体谈话，提出了"政治第一、党组织第一、思想工作第一"的建队原则。

中国防暴队在进驻海地后，面临重重困难：战乱频仍，安全形势恶劣；队伍临时组建，时间短；队员来自全国各地，平均年龄偏低；首次参加维和行动，缺乏相应经验。

在种种不利条件面前，中国防暴队发扬自力更生、艰苦奋斗、团结协作、勇于奉献、不畏艰险、顾全大局的精神，开展创造性的工作，转变战术和意识，研究解决办法和对策。

防暴队员还经常深入到当地社会慈善机构和养老院、

中国蓝盔走向世界

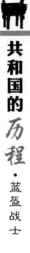

学校等地，积极开展社区警务活动。

2004年11月30日，防暴队组织开展了到达任务区之后的第一次社区警务活动，前往太子港一所教会学校和教会救助站，看望学校的儿童和救助站的老人，为他们送去了急需的学习用品和生活用品。

孩子和老人们激动万分，载歌载舞表达心中的感激之情，并与中国警察热情拥抱，齐声用当地语言高呼："谢谢中国警察，你们是我们真正的朋友！"

中国首支维和警察防暴队在海地的6个月中，圆满完成了重点地区定点驻守、联合巡逻、抓捕、收缴枪支、现场警卫等多项高危勤务，有效地维护了当地秩序。

在长期的海地维和实践中，维和警察防暴队培育形成了"忠诚、拼搏、团结、奉献"的"海地维和精神"。

2004年10月，时任联合国秘书长科菲·安南访问中国维和警察培训中心，并对中国维和警察的工作给予充分肯定。

沧海横流，方显英雄本色；艰难困苦，砥砺坚强意志。中国维和警察经受了复杂局势和恶劣环境的特殊考验，为中国的"蓝盔部队"增添了特殊的色彩，为祖国和人民赢得了全世界的尊重和赞誉。

中国维和部队奔赴刚果

2014年3月22日上午，第十七批赴刚果民主共和国维和工兵分队在兰州军区某工兵团举行授装仪式。

雄壮的国歌，庄严的誓言，威严的军装，增强了维和官兵的荣誉感、使命感和责任感。

> 我是中华人民共和国军人，代表祖国和人民赴刚果民主共和国执行维和任务。面对军旗，我宣誓……

"蓝盔战士"们铿锵有力的声音回荡在阅兵台前。这是中国第十七批赴刚果民主共和国的维和工兵分队在出发前对祖国和世界和平做出的庄严承诺。

授装仪式标志着维和官兵不再是普通一兵，而是肩负着维护世界和平重任的使者，多次参加维和任务的官兵以中国军人特有的政治素养，丰富和拓展"蓝盔"部队使命内涵，以中国军人过硬的专业素质，扩大和传递中国的影响力。

战士杨龙说："换上新装我们又多了一份责任担当，出国维和我们要以更加饱满的热情、更加进取的精神、更加扎实的工作作风，完成好各项工作任务，在异国他

乡为军旗再添彩。"

中国第一次向联合国刚果民主共和国特派团派出成建制维和分队是在2003年。这既是继中国派遣800名军事工程人员参与柬埔寨维和行动后，中国第二次成建制派部队执行联合国维和使命，也是中国成立国防部维和事务办公室后，第一次成建制派部队执行联合国维和使命。

2001年12月，中国正式成立国防部维和事务办公室，负责统一协调和管理中国军队参加联合国维和行动工作。

2002年2月，中国正式加入联合国第一级维和待命安排机制，指定了1个联合国标准工程建筑营、1个联合国标准二级医院和2个联合国标准运输连为联合国待命安排部队，承诺具备在接到联合国派兵请求后90天内部署到维和任务区的能力。

2003年初，中国决定向联合国刚果民主共和国特派团派出成建制维和分队。

4月1日下午3时30分，在燕山脚下的某工程兵旅营区，解放军总参谋部为即将出征的维和官兵举行了隆重的欢送仪式。

面对国旗，维和官兵庄严宣誓："坚决服从命令，听从指挥，严守纪律，勇于战胜一切困难，树立良好形象，圆满完成任务，维护国威军威。"

中国维和工兵连抵达刚果民主共和国后，由联合国刚果民主共和国维和部队第五战区司令部指挥，主要任务是修建遣返接待中心，整修机场跑道及机场至布卡杜的道路，为第一特遣部队修建住房和有关设施等。

中国维和医疗队将为在刚果民主共和国执行维和行动的部分官兵和其他联合国工作人员提供医疗保障，同时还要为当地平民提供急诊服务。

外交部、国防部、公安部、财政部、解放军四总部、沈阳军区及北京市等有关方面负责人，刚果民主共和国驻华大使参加了下午的欢送仪式。

4月1日当晚，首都机场灯火通明。头戴贝雷帽，身着迷彩服，颈系蓝色饰巾，脚穿新型陆战靴的维和官兵英姿勃发，象征和平的"地球和橄榄枝"图案臂章在灯光下显得格外醒目。

23时整，嘹亮的《欢送进行曲》响起，维和官兵依次登上专机，向送行的人群挥手道别。

经国务院、中央军委批准成立的赴刚果民主共和国维和部队由一个175人的工兵连和一支43人的医疗队组成。

工兵连官兵来自参加过柬埔寨维和行动的总参谋部某工程兵旅，医疗分队由沈阳军区202医院组建。此前，他们已分别进行工程和医疗专业训练以及轻武器、野战生存、车辆驾驶和体能等项目的训练，具备了履行维和使命的能力。

工兵连先遣人员和所有装备、物资器材已先期到位。

中国蓝盔走向世界

医疗分队其他人员也将于 4 月 7 日从沈阳出发，飞赴维和任务区。

根据预定安排，中国"蓝盔部队"部署在刚果民主共和国东部南基伍省，工兵分队主要为联合国在刚果民主共和国东部地区的维和行动提供工程支援，以及为联合国部署其他的维和部队提供支援。

战士们初到非洲，很不适应，特别是紫外线的照射，几乎人人都皮肤脱落晒得很厉害，大家都戴上墨镜和草帽，在天气很热的情况下还要穿着长袖的衣服，防止紫外线照射。

面对天气异常酷热，各种疾病流行，物资匮乏的恶劣环境，维和官兵发扬特别能吃苦，特别能战斗，特别能奉献的精神，在遥远的非洲大陆出色地完成了联合国赋予的各项任务，充分展示了我军威武之师，文明之师，和平之师的光辉形象。

在刚果民主共和国期间，来自中国的第一批"蓝盔战士"们完成了十多项主要任务，有布卡武市到卡乌姆机场的道路修复与维护，布卡武联刚团前指办公地点的维修，乌拉圭、南非、印度等一些部队的营地修建任务，还有戈马地区机场直升机停机坪的修建等一些施工任务，都是联合国在刚果民主共和国维和当中比较急切的一些任务，这些任务的完成得到了广泛的赞扬。

战士们来到刚果民主共和国的第一项工程是搞自己的营房建设，这次赴刚工兵连自己携带的是活动板房，可是到了以后才发现，原来承诺的地基等各方面的建设也没有。

在这样的条件下，战士们只好在废墟上扒砖取土，开始建房。经过短短 12 天的时间，战士们完成了 1700 多平方米活动板房的建设，在刚果民主共和国创造了一个"中国速度"，在联刚团各级官员，当地的老百姓，以及我国驻刚果民主共和国大使馆的心目中，打响了第一炮。

在所有任务中，最难的就是布卡武到卡乌姆机场这一段 36 公里道路的修缮。这条道路修建于上个世纪 60 年代，由于多年战乱，年久失修，道路已经完全被破坏，有很多大坑，坑里都长出树来了。

工兵连在自己的营房建设完成以后，立即就投入到布卡公路的修缮工作中。这项工程贯穿了第一批赴刚人员八个月维和的全过程，部队投入了大量的人力，物力和工程机械。

这个任务完成得非常好，因为道路的情况很复杂，有山，有水，有涵洞，有桥梁，也考验了中国工兵连在这个地方的作业能力，取得了较好的影响。

中国工兵连在刚果民主共和国执行维和任务期间，通过我们平时工作与生活中表现出来的作风，确实树立了我军威武之师、文明之师、和平之师的光辉形象，得到了联刚团的官员，其他的维和部队，以及刚果民主共和国当地人民的高度赞扬。

中国蓝盔走向世界

共和国的历程·蓝盔战士

联刚团主席斯文，联刚团的部队司令迪奥罗少将，以及联刚团其他官员，都多次到中国的工兵连里，给予连队很高的评价。

当地的老百姓也非常友好，他们说你们中国的维和部队到这里来，是来真心帮助我们的，你们对我们很友善，确实帮我们干了很多事情。

第一批赴刚的中国"蓝盔部队"为联合国在刚果民主共和国的维和行动奠定了良好基础。从 2003 年到 2014 年，中国先后派了 17 批维和人员，为刚果民主共和国维和行动做出重要贡献。

2014 年 3 月 5 日，中国第十六批赴刚果民主共和国执行维和任务的工兵分队和医疗分队军人，在刚果南基伍省省会布卡武接受联合国颁发的维和勋章。

中国驻刚果大使馆代表以及联合国相关负责人出席了授勋仪式。

4 月 18 日中午 12 时，我国第十六批赴刚果维和部队第一梯队官兵圆满完成为期 8 个月的维和任务，乘坐包机抵达西安咸阳国际机场。

中国维和部队奔赴利比里亚

2014 年 3 月 19 日晚上 9 时 55 分，北京首都国际机场，一架由北京飞向蒙罗维亚的波音 777 客机静静地停在跑道上。

"尊敬的维和官兵，你们好，欢迎乘坐 CZ3003 航班前往蒙罗维亚，飞机马上就要起飞了，请再次确认系好您的安全带。"甜美的广播声响起，5 分钟后，飞机轰鸣着直冲云霄。

全程约 13860 公里，横跨 8 个时区，飞越 15 个国家，经停乌鲁木齐和巴黎 2 处国际机场，历时 21 个小时，起飞的这一刻，第十六批赴利比里亚维和部队正式开启了出国维和的征程。

在此之前，中国已经先后有 15 批"蓝盔部队"来到利比里亚。

利比里亚，在英语中是"自由之地"的意思，位于非洲西部，地处赤道，西濒大西洋，是西非一个小国。

这个面积只有 11 万平方公里、人口近 300 万的西非小国，是非洲最早成立的共和国和 19 世纪非洲仅有的两个未被殖民统治的国家。

然而，14 年的战乱给这个国家造成了巨大的创伤，2003 年，当长达 14 年的内战结束后，素有"谷物海岸"

之称的利比里亚，已是满目苍痍。

为了维护那里的和平，为了使那里饱经战乱的人民得以休养生息，2003 年 9 月，中国政府在联合国安理会投票支持联合国在利比里亚部署维和部队的决议。

2003 年 12 月，经国务院、中央军委批准，中国派出有史以来规模最大的成建制维和部队参与联合国利比里亚特派团的维和行动，其中包括工兵连、运输连和医疗队。

自执行维和任务后，中国官兵在利比里亚克服了环境生疏、疾病肆虐、社会动荡等困难，出色地完成了各项任务。与此同时，他们还为当地百姓修路、打井、修复机场、建设供水供电设施、救治百姓等。因表现出色，中国赴利维和部队全体官兵多次获得联合国"和平荣誉勋章"。

对于出征利比里亚的中国"蓝盔战士"们，党中央非常重视。2007 年 2 月 1 日，中国国家主席胡锦涛抵达利比里亚首都蒙罗维亚，进行为期一天的国事访问。

访问中，胡锦涛专程看望了在当地执行维和任务的中国维和官兵，并为维和部队题词："忠实履行使命，维护世界和平。"

当天下午，胡锦涛主席抵达中国驻利比里亚维和分队驻地。维和官兵们以饱满的热情列队接受了胡主席的检阅。

胡主席："同志们好!"

官兵们："首长好！"

胡主席："同志们辛苦了！"

官兵们："为人民服务！"

在胡锦涛视察期间，和战士进行了亲切交谈。运输分队七班班长马龙道出了维和战士们的心声："我们来到这个地方后看到了硝烟后的战争痕迹，还有很多孤儿，人们无家可归，吃不饱饭。我们从他们的眼睛中看懂了他们内心对和平的渴望，渴望战争永远结束。作为军人，我明白了此时利比里亚最需要的是和平，需要我们这支来自中国的维和部队，我已经暗暗下定决心，一定要尽我最大努力，为利比里亚和平做出应有的贡献，为祖国争光，为军旗添彩。"

正是有了这样一支威武之师、文明之师、和平之师，当地的百姓和政府官员都齐声夸赞中国军人是好样的。

胡锦涛主席在检阅维和分队后，充分肯定了维和官兵们做出的成绩。他说：

自从 2003 年 12 月我国参加联合国利比里亚维和行动以来，同志们牢记祖国人民的重托，坚持联合国宪章的宗旨和原则，发扬特别能吃苦、特别能战斗的精神，恪尽职守，出色地完成了各项任务，为维护利比里亚的和平稳定和恢复重建作出了重要贡献。祖国人民为你们感到骄傲！

中国蓝盔走向世界

胡锦涛主席同时也给维和人员提出了几点希望。他说:"希望同志们牢记使命高于一切、责任重于泰山,要发扬优良传统,做维护世界和平的卫士;希望同志们维护中利友好的大局,在力所能及的范围内多为利比里亚人民做好事、做实事,努力做促进中利友谊的使者!希望同志们充分利用参与联合国维和行动的有利机会,向友军学习,加强自身建设;最后,希望同志们劳逸结合、保重身体,尤其要注意安全,祖国和亲人期待着你们圆满完成任务、凯旋而归!"

在利比里亚的中国"蓝盔部队"没有辜负党中央的期望,他们以实际行动让世界看到了中国维和部队的威武形象,赢得了世界的尊重。

在利比里亚的绥德鲁,当地老百姓只要见到了中国人就会伸出大拇指说"Chinese good"。

绥德鲁市区的道路,不再下雨便泥泞不堪,天晴就尘土飞扬。中国维和部队的官兵们利用回大本营的休息时间,将它整修一新。

当地人患了疟疾或被蛇蝎咬伤,维和部队的医生会及时赶去救治。一次,一辆满载乘客的汽车冲出公路掉进沟里,几十人受伤。

闻讯后,维和部队官兵立即开着救护车、吊车、牵引车赶到现场,他们将受伤的乘客送进医院,用吊车吊起翻进沟里的汽车,然后又用牵引车将损坏的汽车送到修理点。

在离维和部队大本营约十多里地的热带丛林里，有一个名为甘巴的小村，村里有几十户人家。内战期间，甘巴村被各派武装力量洗劫一空，大部分房子被烧毁，一些老人和孩子遭枪杀。

侥幸逃出来的村民在酋长的带领下逃进了森林。内战结束后他们陆续返回家乡，却发现村庄已是一堆废墟，原来耕种的土地杂草丛生、一片荒芜。

就在他们陷入绝望的时候，中国维和部队官兵在丛林中发现了他们，给他们送来了饼干、大米和饮用水。如今，甘巴村已成为中国维和部队官兵的"扶贫"点。每当他们送来食品、饮用水时，村民们就会载歌载舞地表达他们的感激之情。

2008年11月29日，中国赴利比里亚第7批维和部队授勋仪式在绥德鲁隆重举行。中国维和部队558名官兵全部获得联合国授予的国际和平勋章。

联合国驻利比里亚特派团最高行政长官、秘书长特别代表洛伊女士称赞说：中国军队是"中国的骄傲"。

中国蓝盔走向世界

中国维和部队奔赴黎巴嫩

"坚决听党指挥，坚决完成任务"。2014年6月18日上午10时，首批赴黎巴嫩维和建筑工兵分队在成都军区第十三集团军某工兵团正式成立。

在激昂的解放军进行曲中，第十三集团军副参谋长何其伟庄严地向维和分队队长田升平授予队旗。

近年来联合国维和行动整体上呈"收缩"状态，面对黎巴嫩国内形势需求，中国应联合国邀请，派出维和建筑工兵分队执行任务，充分彰显了我国作为联合国常任理事国负责任的大国形象。

黎巴嫩，地中海东岸国家，北接叙利亚，南临以色列。由于黎以数十年来一直处于敌对状态，这里便成了全球战事最为频繁的区域，有中东"火药桶"之称。

为维护黎巴嫩南部地区的和平与稳定，1978年3月15日，联合国驻黎巴嫩临时部队成立。

2006年3月31日，中国向黎巴嫩派出一支工兵部队，参加联合国在这一地区持续了28年的维和行动。中国营的任务是扫雷排爆、工程建筑、设施维护和开展人道主义援助。这是局势不稳的中东地区第一次出现中国维和部队的身影。

首批赴黎巴嫩维和建筑工兵分队，由13集团军工兵团为主组成，配属特种兵、翻译官、军医等，共 200 人，下辖 2 个平面建筑排、2 个立体建筑排和 1 个勤务保障排，主要部署在黎巴嫩南部提尔市沙马村，在素有"中东火药桶"之称的"蓝线"地区，执行军事工事构筑与维护、基础设施抢修、边界栽桩和人道主义救援等任务。

为确保此次维和任务圆满完成，该团采取多渠道协调，为维和分队筹措了 8 个专业 40 余种训练器材，协调 6 个训练场，组织挖掘机、平路机、装载机、水电管道工、砌筑工等 20 多个工种进行训练。

同时，他们还严把人员审批关，要求军官重点掌握《谅解备忘录》《涉外礼仪》等知识，战士重点学习掌握黎巴嫩基本概况、英语日常口语、联合国宪章、维和基本任务与原则等内容，人人具备一定的英语基础，人人都具备完成多样任务的能力。

2006 年 7 月 12 日，黎以冲突爆发。这场持续 34 天的激烈对抗造成双方大量人员伤亡。而对于驻扎在蓝线以北仅 10 公里的中国营，更是一个生死考验。

营区完全被双方的火力覆盖，冲突期间营区周边 2500 米范围落下的航弹、炮弹就有 13500 余发，多枚重磅炸弹在距营区不足 200 米处爆炸，引起的大火差一点翻越围墙。

首批参与维和的 182 名官兵，"80 后"占了 70％以上。这些在祖国长期和平环境下长大的男孩们当然不知道战火硝烟的残酷。

中国蓝盔走向世界

面对这场突如其来的冲突，工兵营营长罗富强在第一时间果断下达了紧急命令：营区人员立即进入掩体，加强警戒值班；外出执行任务的官兵就近避入友军营地，待机返回；节约战备物资，一日三餐改为两餐……

年轻的官兵们并没有被战火打懵。从踏上维和征程的那一天起，他们就已将生死置之度外，在他们燃烧着和平梦想的血管里同样也涌动着人民军队的豪迈品格。

死亡威胁一天天临近。2006 年 7 月 25 日，以色列空军袭击了联合国停战监督组织位于黎巴嫩南部的希亚姆观察哨所，包括中国军事观察员杜照宇在内的 4 名联合国维和人员牺牲。

事件发生后，联合国秘书长安南及安理会谴责以色列暴行。中国国家主席胡锦涛指示中国有关部门谴责这一袭击维和人员的行径，转达他对遇难者的深切哀悼和对遇难者亲属的诚挚慰问。中国人民解放军总参谋部召开大会，给杜照宇烈士追记一等功。

8 月 6 日，一枚火箭弹落在中国营内，3 名官兵受轻伤。面对接踵而来的死亡威胁，中国的"蓝盔战士"们凭着向死而生的无畏气概和崇高使命感，不仅确保了自身安全，还冒着战火走出营区进行人道主义救援，展示了中国军人的责任感。

战火中，工兵营排除各类未爆炸弹 287 枚，填平大小弹坑 42 个，修复道路 160 多公里，为疏散的上万难民提供了安全之路；护送难民车队两次，8 次出动兵力在废墟中搜救，搜救出尸体 11 具、伤员 1 名。

黎以冲突期间，党中央胡锦涛主席及军委、总参首长对赴黎维和官兵的安危极为关切，多次作出重要批示，要求采取一切必要措施，确保我全体赴黎维和官兵的生命安全。

冲突结束后，根据军委和总参首长指示精神，国防部维和事务办公室和军区有关部门组成慰问组，专门赴黎巴嫩慰问我维和官兵，为他们带去了祖国的慰问和军委、总部首长的关怀。

广大维和官兵深受鼓舞，备感亲切，他们纷纷表示一定不辜负祖国和人民的重托，坚决完成维和任务，为国争光。

经过一段时间的适应，中国的"蓝盔战士"们对黎巴嫩冲突不断的局面已能坦然面对。因为他们心中装着祖国，装着使命，还充盈着足够的底气。

2007 年初，由成都军区组建的中国第二批赴黎巴嫩维和部队乘联合国包机从昆明前往黎巴嫩任务区，接替首批赴黎巴嫩维和工兵营，继续执行联合国赋予的在黎巴嫩的维和任务。

这是中国赴黎巴嫩维和工兵营实施的首次轮换。首批赴黎巴嫩维和工兵营是成都军区组建的第一支维和部队出色完成了各项任务，全部被授予联合国荣誉勋章。

2007 年 3 月初，中国工兵营工程维护连连长张忠常接到了维修和新建那古拉联黎司令部防务设施的任务。

中国蓝盔走向世界

仅用一周，他就带领 24 名官兵完成了任务，比原计划提前 3 天。

4 月 15 日，新上任不久的联黎司令克劳迪奥将军专门接见了张忠常和工程参谋鲁江虹，并给他们授予了紫铜奖章。

克劳迪奥称："中国军人专业技术非常精湛。我对你们出色的表现表示赞赏，对你们的敬业精神表示敬业！"他们是第一批获此殊荣的联合国驻黎巴嫩维和军人。

无论走到哪里，中国维和人员都播撒着爱与友谊，把驻地当故乡、视百姓为亲人，奉献着自己的一腔热血。

辛尼亚村位于黎巴嫩南部。2006 年黎以冲突结束后，这片土地上遗留了大量子母弹，大片农田因无法耕种而荒废，几十名村民被炸伤。

在历时 224 个艰辛的工作日之后，联黎部队中国维和工兵营完成了辛尼亚村所有子母弹的清排作业，清排面积达 4.82 万平方米，排除 M77 和 M42 型子母弹 50 枚，其他金属物 400 多颗（枚）。

土地交接仪式上，辛尼亚村村长哈吉姆向在场的中国官兵深深地鞠躬致敬，感谢中国官兵使得这片土地重归安全，使得当地村民重新拥有可耕地。

穆罕默德是中国营的翻译。在见证了那么多中国军人为当地百姓所做的事情后，他感慨地说："接触维和军人这么多年，中国军人是最可亲可敬的！"

与中国官兵相处日久的联合国黎巴嫩籍女雇员夏冰

和莱雅发自内心慨叹：中国军人是真正为和平而来的使者。

到 2014 年，中国先后派出了 11 批"蓝盔部队"奔赴黎巴嫩，都出色地完成了各项任务，受到联合国的表彰和当地人民的热爱。

2014 年 1 月 3 日上午 11 时许，在雄壮的军歌声中，180 名精心挑选的维和将士精神抖擞地接受了检阅，标志着中国第十二批赴黎巴嫩维和工兵分队正式成立。

这批经过首次编制调整的我赴黎维和工兵分队，人员从过去的 275 人减少为 180 人，以成都军区陆军第 13 集团军某工兵团为主组建，主要部署在素有"中东火药桶"之称的黎巴嫩南部地区。

他们将在那里执行为期 8 个月的扫雷排爆、军事工事构筑与维护以及人道主义救援等任务。这是该工兵团第 5 次执行国际维和任务。

中国蓝盔走向世界

中国维和部队奔赴苏丹

　　2014 年 3 月 19 日晚，中国第十二批赴南苏丹维和部队第一梯队 100 名官兵，从郑州新郑国际机场出发飞赴任务区；执行为期 8 个月的维和任务。

　　自 2013 年 12 月组建维和大队后，针对任务要求和任务区环境特点，他们先后组织 3 批集中培训，组织开展应急处突演练、夜间直升机起降场修筑、应用射击等课目训练，加强对某型输送车、装载车等新装备、新器材的操作和维修技能培训，并全程实施考核淘汰，以此强化官兵体能技能素质。

　　与此同时，他们还组织官兵全面系统学习联合国维和有关规定和南苏丹的法律法规、宗教政策，掌握外交礼仪和应急事件处置能力，大大提高维和官兵对外交往能力。

　　这批维和分队以陆军第 54 集团军某机步师为主组建，包括 3 个工程保障中队、1 个勤务保障中队和 1 个警卫中队。医疗分队则以解放军第 153 医院为主抽组。

　　此次维和任务共派出 286 人，他们将部署在南苏丹瓦乌地区，执行修筑道路桥梁、修建供水供电设施、销毁武器弹药、为任务区维和部队提供工程支援等任务。

　　与此前维和行动不同的是，在原来的瓦乌、伦拜克、阿维尔 3 个任务点的基础上，新增朱巴、马卡拉 2 个维和任务点。

在此之前，已先后有 11 批中国"蓝盔战士"来到苏丹，执行维和任务，他们都用自己的辛勤和汗水，出色地完成了任务。

苏丹是非洲仅次于阿尔及利亚和刚果民主共和国的第 3 大国，国家的名字源自于阿拉伯语，字面意思为"黑人的土地"。人口是阿拉伯穆斯林，首都喀土穆。

苏丹曾被失败国家指数列表评为"世界上最不安定的国家"，战争让这片贫瘠的土地千疮百痍，断壁残垣，蛇蝎横行，飞机残骸、炸弹雷区遍布各地。

当地居民住的是小窝棚，吃的是高粱粉，孩子们一早就钻进有果子的灌木林。

2005 年 3 月 24 日，联合国安理会通过决议，授权在苏丹南部部署一支维和部队，以帮助苏丹北南双方落实已经达成的和平协议，恢复当地秩序。

同年 3 月 29 日，联合国维和机构请求中国派遣一支维和部队赴苏丹参与维和行动。2005 年 9 月，中国首批派往苏丹执行维和任务的部队在山东莱阳组建。

2006 年 5 月，中国正式向联合国苏丹特派团派出成建制维和分队。中国赴苏丹维和部队首批人员共 135 名官兵乘飞机抵达苏丹，并开始执行维和任务。

根据安排，中国第一批赴苏维和人员来到苏丹南部的瓦乌地区。瓦乌是中国赴苏丹维和部队驻防地区。此

中国蓝盔走向世界

前，中国维和部队接装组 5 名成员和先遣组 25 名成员分别于 3 月和 4 月抵达那里，为后续部队进驻做准备。维和部队所使用的主要装备也已运抵该地区。

"指挥部，703 呼叫！前方有一股不明身份武装分子，是否通过，请指示！"

"迅速辨明情况，缩小车距，快速通过，注意安全！"

"703 明白！"

在车子安全通过背枪喧闹的人群后，中国首批驻苏丹维和部队工兵分队担负此次运水任务的 4 名官兵才深深地松了一口气。

也许你难以想象，在国内随处可见的水在任务区却弥足珍贵。由于当地水源十分紧张，加上各种传染病流行，平时维和官兵的用水需要到远离部队营区、到处充满战乱印迹的瓦乌市里取，并经过复杂的水处理设备净化等才能使用。

尽管当地内战双方已经达成停火协议，但是一些危险因素仍然存在。每次执行完拉水任务安全回到营区后，执行运水任务的战士才把提到嗓子眼的心放下来！

取水点是瓦乌市里的一座废旧的自来水厂，距离营区大约有 8 公里的路程，来回却需要两个小时的时间。

由于战乱，整个瓦乌市显得十分破落，除了银行、教堂和部分行政机构外，没有一座像样的建筑。

市区没有一条完整的硬化路面，而且到处是坑坑洼洼，遇到下雨天，有的地方可以积水到一米左右。车子行驶起来速度极慢。

这还算不上什么，最让人头疼的是遇到拦车的武装分子。有一次，运水的车子刚刚行驶到一个村子时，一群手持棍棒和枪支的当地人一窝蜂冲到车子前面，挥舞着棍子向挡风玻璃上敲打。

当时，战士们甚至做好了战斗的准备。后来，经过带车干部和他们交涉，才知道他们是想索要食物和水。当他们的要求得到满足后，人群才四处散去。

经过一段时间的接触，这样的情况逐渐减少。外出执行任务的时候，战士们甚至开始听到许多本地人说：中国人，好样的。

2006 年 7 月 24 日下午，中国工兵分队营地内人头攒动，热闹非凡。大雨初歇，空气格外清新。身着多国军装、各种肤色的维和军人一边齐叹营区整洁的环境，一边走向板房东侧健身场。

在新建成的排球场，身着运动服的肯尼亚步兵连代表队和印度装甲连代表队正在抓紧时间进行赛前热身。

原来，中国工兵到达任务区时间最晚，却最早完成营地设施建设。联苏团总司令里达中将惊讶于这令人难以置信的"中国速度"，决定专门对中国维和部队进行一次全面视察。第二战区司令丹克上校在视察之余，安排了一场由各出兵国参加的排球"国际比赛"。

17 点 45 分，一个长长的车队驶向中国工兵营地。工兵分队全体官兵列队迎候。车队一到，掌声响起。总司

令在营区门口下车后，与随从人员一道步行至排球赛场，与两旁欢迎的官兵挥手致意。

虽然不是太专业，可大家贵在参与，观众也看得津津有味。中途下起丝丝小雨，依然没有一人离开。场上紧张竞赛的同时，场下交流也在热烈地进行着。合影的，聊天的，交换礼物的，大家的兴致都很高。

19点20分，当夜幕悄悄降临时，大家才恋恋不舍地离去。相信谁都忘不了这次难得的聚会，忘不了勤劳能干的中国工兵。

里达中将视察中国维和部队结束后，战区司令官丹克上校是最高兴的一个人。"每个环节都很完美！"上校不加掩饰的兴奋之情溢于言表。

中国维和部队无愧于这种信任和评价。在来到瓦乌的两个多月中，全体官兵夜以继日地工作，完成的工作量超过了其他出兵国。

2007年1月21日，中国首批赴苏丹维和部队在国内监交组的监督、指导下，举行了隆重的轮换交接仪式，交接双方在各自派出单位的监督下，进行了签字交接。

国防部维和办杨宁育武官在交接仪式上宣布：中国首批赴苏丹维和部队首次轮换交接工作圆满完成，第二批维和部队于2007年1月22日正式接替第一批维和部队履行维和使命。

中国首批赴苏丹维和部队于2006年5月部署到苏丹任务区，开始执行为期8个月的维和行动，其间，发扬了我军特别能吃苦，特别能战斗，特别能奉献的精神，不仅在荒凉的异国他乡建起了整齐、漂亮，堪称联苏团最好的营房，而且优质、高效地完成了联苏团、第二战区赋予的工程、运输、医疗保障任务，得到了联苏团、战区、肯尼亚等维和部队和苏丹当地政府的高度赞誉，三支分队都获得联苏团特别贡献奖。

获得联合国"特别贡献奖"和联苏团部队司令嘉奖，这些奖项是我军维和历史上的第一次。

在完成首次交接后，由济南军区组建的第二批赴苏丹维和部队工兵、运输、医疗三支分队部署到了任务区以来，忠实践行胡主席"忠实履行使命 维护世界和平"的题词精神，在复杂的环境条件下，在"世界火炉"的炙烤下，在完成联苏团第二战区工程、运输、医疗保障的同时，积极为当地民众做实事、做好事，产生了积极而有益的影响，圆满完成了联苏团赋予的各项维和任务，将二战区建设成为联苏团六个战区中最好的战区，受到联苏团里德尔中将和战区官员及当地政府官员、民众的一致好评，称赞中国维和部队是"维和部队的楷模"、"苏丹人民最好的朋友"。

其间，435 名官兵以出色的表现，全部被授予联合国"和平勋章"，三支分队及 22 名同志分获联苏团"特别贡献奖"单位和个人奖。

2007 年 9 月，中国赴苏丹维和部队顺利完成第二次轮换交接仪式。

中国蓝盔走向世界

共和国的**历程**·蓝盔战士

2008 年 6 月，中国赴苏丹维和部队顺利完成第三次轮换交接仪式。

……

2014 年 4 月 8 日上午 9 时，一场以"铸牢军魂、保障有力、服务优良、树立形象"为主题的活动在中国第十二批赴南苏丹维和部队全面展开。

"把工作想在前，把保障做在先！"维和工程兵大队长刘瑞江说："与其被动工作，不如主动作为，这样既提前确保安全，同时也能树好部队形象。"

维和部队官兵携各类维修装备、器材和工具，走出营门，深入联南苏团各出兵国营区，为他们已经老化的各类基础工程设施进一步检查、整理、维修，受到了各出兵国官兵的好评。

维和医疗队忙碌地穿梭在中国二级医院的各个区域。住院部主任代振动带领医生和护士对医疗区所有板房进行彻底清洁打扫，同时更换了住院部所有病房的床单、被褥、蚊帐，更新了护士站呼叫系统，对病人餐厅进行重新装修；门诊部主任刘俊杰主动维修接诊室防蝇门帘，并带领所属人员把医疗业务上的各种中英文标识牌统一进行更换，便于就诊；警卫班班长熊祝政带领警卫战士们对医院角落杂草、杂物进行拉网式清理；后装助理员曾志组织驾驶员对两台救护车进行全面的检修和维护，对"UN"和"红十字"标识重新喷漆。

短短一上午，整个中国二级医院焕然一新。正在二级医院住院的联合国雇员威尔斯赞叹道："好惊人的工作效率和质量！"

随后，院长刘晓斌对活动情况组织了验收，他说："大家要记住，这是我们中国的一个窗口，中国维和部队在这里面对的是全世界。"

据维和部队指挥部政委孙世浩介绍，此次主题活动的开展，旨在通过活动铸牢维和官兵们敢于担当的军魂意识，展现中国军人雷厉风行的优良作风，树立维和部队良好形象。

2014年7月19日，中国第十二批赴南苏丹瓦乌维和部队338名维和官兵在工程兵大队营地隆重集会，举行"维和部队优秀党员表彰暨先进事迹报告大会"，营造学典型、当先进的浓厚氛围，激励大家以更高的工作热情和更大的工作干劲来完成好维和使命。

大会在庄严的国歌声中拉开帷幕。维和医疗队队长刘晓斌宣读了"优秀党员"表彰通令，对孙庆国、张涛等33名优秀党员进行通报表彰。

随后，9名优秀党员代表用朴实的话语、切身的感受向全体维和官兵作了先进事迹报告。号召全体党员在执行维和任务期间，始终听从党的号召，做到一名党员就是一面旗帜，一级组织就是一个堡垒，在急难险重任务面前当标杆、做表率。

报告会上，掌声此起彼伏，优秀党员们的感人事迹在维和官兵们中引起了强烈反响和共鸣，大家纷纷表示

中国蓝盔走向世界

一定向优秀党员学习，向先进典型看齐，用实际行动为党旗增光添彩。

中国第十二批赴南苏丹维和部队以"七一"建党93周年为契机，坚持"主题鲜明、形式多样、隆重热烈、促进工作"的原则，以"铭党恩、学典型、强干劲"为重点，紧密结合维和工作实际，在异国他乡开展了"七一爱党月"系列活动。

教育引导全体党员面对新环境、新任务，自觉加强党性修养，始终做到政治信念上坚定不移，复杂局势前头脑清醒，本职岗位上兢兢业业。

维和指挥部政委孙世浩在大会总结中指出，第十二批赴南苏丹维和部队任务期已经过半，这次举办表彰"优秀党员"和先进事迹报告会，既是对前期工作完成情况的肯定，也是对全体维和官兵的鼓励，更是为下一步圆满完成维和任务打下坚实的思想基础。

中国首次安全部队远赴马里

2013 年 12 月 3 日，中国首批赴马里维和部队先遣队 135 名官兵，从哈尔滨太平国际机场起程，踏上了维和征程。

这支维和部队中包括了一支警卫分队，这是我军首次派出安全部队参与联合国维和行动。

中国国家主席习近平在会见联合国秘书长潘基文时表示：

中国是联合国安理会常任理事国，这不仅是权力，更是一份沉甸甸的责任。中国有这个担当。

参加联合国维和行动，就是中国承担责任、勇于担当的重要表现。1990 年以来，中国军队已参与了 24 项联合国维和行动。

此次中国向马里派出维和部队与以往相比又有不同，过去参加联合国维和行动，我们派出的主要是工兵、医疗和运输等支援保障部队，而此次向马里派出的维和部队中，除了工兵分队和医疗分队，还有一支警卫分队。

按照联合国相关规定，安全部队须携带执行任务必

中国蓝盔走向世界

需的武器，在特殊情况下按照联合国维和部队交战规则可以合理使用武力。

向马里派出安全部队，既是向一个全新的维和任务区部署维和人员，也实现了中国派出维和分队类型的新拓展。从一定意义上说，这是中国参加联合国维和迈出的重要一步。

中国向马里派出的安全部队并不同于作战部队。从编制上讲，联合国维和力量中没有作战部队。

联合国的安全部队，英文表述是"Protective Unit"，直译是"保护性部队"。就具体所担负任务而言，联合国的安全部队负责的不是作战，而是恢复和维护任务区稳定，从而维护和平。

而中国此次向马里派出的维和部队，主要是负责为联合国驻马里综合稳定特派团东部战区司令部提供安全保卫，与作战无关。

向国外派遣维和部队，执行的是非战争军事行动，与在海外建立军事基地完全是两码事。

中国过去参与联合国维和行动，派遣的主要是与工程建设和当地民众生活息息相关的支援保障部队，有人不怀好意地指责中国是在规避责任和风险。

中国此番向马里派出安全部队，用事实说明了中国积极履行国际义务，为世界和平作贡献。

中国对联合国维和行动作出的贡献得到了联合国与驻在国政府和民众的普遍认可。

联合国秘书长潘基文今年在参观中国国防部维和中心时，曾三次说道：

　　　中国蓝盔，我为你们骄傲！

参考资料

《联合国及维和行动》贾永兴编译 沈阳白山出版社

《走向现代化的人民军队》黄宏 程卫华主编 人民出版社

《20世纪十大维和行动》李景龙 田宇 李长河著 解放军出版社

《走出国门》文华编著 长征出版社

《红与蓝》马继东著 华艺出版社

《蓝剑出击——联合国维和行动大纪实》冯勇智 曾芳编著 辽宁人民出版社

《中国蓝盔：中国赴柬工程兵大队维和行动纪实》许正凤著 解放军出版社

《蓝色交响曲：联合国维和行动点击》刘强 郭发勇编著 湖南教育出版社